문을 열어봐,
빛나는 계절이 와 있어!

가장 빛나는
계절은

바로
오늘이었어

피터 래빗 이야기

가장 빛나는
계절은

바로
오늘이었어

이수인 지음

포레스트북스

피터 래빗 가족

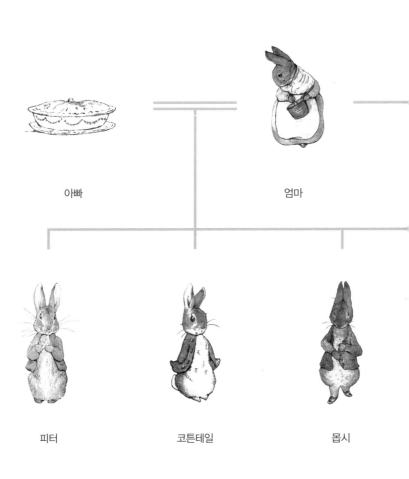

아빠

엄마

피터

코튼테일

몹시

바운서 삼촌

플롭시

사촌 벤저민

아빠는 파이가 되었단다

디즈니 만화영화 「아기 돼지 삼형제」에는 아기 돼지들의 아빠가 잠깐 등장한다. 아마 대부분 사람은 '아빠 돼지가 등장한다고?'라며 고개를 갸웃거릴 것이다. 영화를 보다 보면 삼형제가 피아노를 치며 즐겁게 노래를 부르는 장면이 나온다. 그들 뒤로 벽에 걸린 액자가 잠깐 비치는데, 줄줄이 늘어진 소시지 사진에 'FATHER'라 적혀 있다. 소시지가 되어버린 아버지의 사진 앞에서 아기 돼지들은 즐겁게 노래하며 피아노를 연주한다.

피터 래빗은 상표 등록이 된 캐릭터 중 세계에서 가장 오래된 문학 캐릭터다. 생텍쥐페리의 어린 왕자보다도 훨씬 앞선다. 이야기와 함께 실린 목가적이며 아름다운 그림은 100여 년이 훌쩍 지난

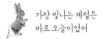

가장 빛나는 계절은
바로 오늘이었어

지금까지도 피터 래빗과 그 친구들이 사랑받는 이유다. 이토록 서정적이고 따뜻한 동물 세계에서도 귀여운 토끼들의 아빠 이야기가 짧게 등장한다.

"들판에서 놀거나 오솔길을 따라가는 건 좋지만
맥그레거 씨 밭에는 들어가면 안 돼.
너희 아버지가 멋모르고 거기 갔다가 맥그레거 부인의 파이가 되었거든."

피터 래빗의 엄마 래빗 부인이 네 마리 아기 토끼에게 신신당부하는 장면이다. 래빗 부인은 남편이 인간의 밭에 들어갔다가 죽은 이야기를 너무나 대수롭지 않게 얘기한다. 사람으로 치면 아버지가 불의의 사고로 돌아가시고 홀어머니가 네 명의 자녀를 키우는 상황이다. 그런데 "밥 먹을 때 흘리면 안 돼요"라고 식탁 예절을 가르쳐주듯 아무렇지도 않게 아버지의 사망 이유를 얘기한다.

벽에 걸린 소시지 사진과 파이가 된 토끼 이야기를 떠올리니 어릴 적 사진이 담긴 가족 앨범에 아버지의 모습은 별로 없었다는 게 떠오른다. 내가 케이크의 촛불을 불어 끄거나 꽃이 핀 화단에서 꽃봉오리를 쥐고 웃고 있을 때 아버지는 내 모습을 찍고 계셨다. 아버지는 비록 프레임 밖에 계셨지만, 항상 우리의 행복과 함께했다. 보이지 않는다고 해서 존재하지 않는 게 아니다. 보통 눈에 안 보이면 없다고 생각하기 쉽다. 우리가 고루하고 상투적인 거라 여기는 수많은 것이 그렇다. 사랑이나 행복, 희망, 오지 않은 내일보다 곁에 와 있는 오늘 같은 것들이다. 당장 보이지 않아도 분명하게 존재하는 것들.

오랜만에 피터 래빗 이야기를 펼쳤다. 내용을 잘 알고 있다고 생각했는데, 처음 보는 생소한 이야기가 많아 얼마나 놀랐는지 모른다. 아마도 내가 '행복하게 오래오래 살았답니다' 따위의 동화 속 세상을 기대했나 보다. 하지만 피터 래빗과 친구들은 위험에 빠지기도 하고, 속임수에 넘어가기도 하며, 장난치다가 된통 당하기도 한다. 막연히 아름답고 행복하기만 한 세상을 기대해서 그랬는지 다시 읽는 피터 래빗 이야기는 어른이 되어버린 내게 완전히 새로운 이야기, 새로운 세상으로 다가왔다. 피터 래빗의 세상은 대리 만족의 판타지가 아니라 현실보다 더 현실 같은 삶이었다.

엄마가 신신당부했음에도 피터 래빗은 맥그레거 씨 텃밭에 간다. 맥그레거 씨 눈에 띄어 필사적으로 도망치다가 그물에 걸렸을 때, 피터 래빗은 '이제 죽었구나' 싶어서 눈물을 뚝뚝 흘린다. 삶은 공

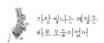

주와 왕자가 등장해 행복하게 오래오래 사는 동화처럼 마냥 아름답지만은 않다. 녹록하고 때론 비루하다. 피터 래빗은 아버지가 돌아가신 곳에서 자신도 죽는 건가 싶어 눈물을 흘린다. 읽다가 심장이 빨라진다. 우리 역시 항상 쫓기듯 살며 포기를 앞두고 울어본 적이 한 번쯤은 있기 때문이다.

이미 벌어진 일은 바꿀 수 없다. 아빠는 파이가 되었고, 피터 래빗은 위험을 무릅쓰고 아빠와 똑같은 행동을 한다. 실수는 반복되고 삶 역시 계속된다. 하지만 피터 래빗은 끝내 안전한 엄마의 품으로 돌아갔다. 피터 래빗은 내일 무얼 먹고 어떻게 살지 고민하지 않았다. 바로 지금, 그물에서 벗어나 사랑하는 엄마에게 달려가는 것만을 생각했다. 우리는 내일을 바꿀 수 없다. 오늘이 쌓였을 때 슬쩍 다가오는 게 내일이다. 오늘은 비극이지만 우리는 내일의 희극을 위해 바로 지금, 여기에서 노래를 부르고 춤을 춘다.

비극 너머 노래를 부르고 슬픔 너머 오늘을 살아가는 것. 이것이야말로 동화의 힘이자 100년이 넘는 시간의 풍화를 견뎌 마침내 고전이 되는 이유다.

우리는 여전히 비극 너머에서도 노래를 부를 것이다.

차 례

PART 1

행복의 기준은
언제나 나여야 하니까

조니는 최대한 공손하게 티미 윌리를 다른 아홉 마리의 생쥐에 게 소개했다. 모두 꼬리가 길었고 하얀 넥타이를 매고 있었다. 하지만 티미 윌리의 꼬리는 초라했다. 도시 쥐 조니와 그의 친구 들은 그것을 알아챘지만, 예절 교육을 받고 자란 터라 티를 내지 는 않았다. 한 쥐만이 티미 윌리에게 쥐덫에 걸린 적이 있느냐고 물었을 뿐이다.

_「도시 쥐 조니 이야기」 중에서

듣기 좋은 말보다
솔직한 말

거짓말을 하지 않는 것과 솔직한 것은 다르다. 대부분 사람은 거짓
말을 하기 싫어서 침묵을 택한다. 시골에 계신 어머니가 전화 너머
로 "요즘 회사생활은 어때? 힘들지는 않고?"라 물으실 때 "진작 이
회사 안 들어온 게 얼마나 아쉬운지 몰라. 이사님이 엄청 잘해주셔"
라고 하면 거짓말이다. 그런데 "응? 아, 응……. 뭐 나름……" 이러
면서 밝은 톤으로 시작했다가 끝을 얼버무리면 분명히 거짓말은 아
니다. 좋다고도, 나쁘다고도 안 했으니까. 또는 "공부는 잘돼가?"라
는 어머니의 물음에 "참, 아빠 요즘도 술 많이 드셔?"라고 화제를
전환하는 것 역시 거짓말이 아니다. 다만 솔직하지 못한 것일 뿐.

　우리는 보통 사랑하는 사람에게는 거짓말을 하지 않으려고 노력

한다. 하지만 나의 고민을 꺼내 공유하며 상대에게 감당하게 하는 건 부담스럽다. 결국 아무렇지 않은 척, 아프지 않은 척, 힘들지 않은 척하기 위해 침묵한다. 얼버무린다. 화제를 돌린다. 거짓말을 하지 않으면서도 괜히 부담을 주지 않는 방법이라 여긴다. 어쩌면 "이쯤은 스스로 해결할 수 있는 어른이 되었어"라고 말하고 싶은 건지도 모른다.

더 멀리, 더 높이 뛸 수 있다고 해서 어른은 아니다. 모처럼 찾아간 초등학교 운동장이 작아 보인다 해서 어른이 된 건 아니다. 모호하게 얼버무리고 '오늘도 거짓말을 하지 않았어'라고 스스로 위안하는 것보다 사랑하는 사람에게 고민을 털어놓고 솔직히 말할 수 있는 게 진짜 어른이다.

솔직히 말할 수 없는 건, 솔직히 말했을 때의 반응이 두렵기 때문이다. 자기 자신과 상대를 믿는다면 내 고민을 털어놓고 내려놓는 게 어렵지 않다. 두렵지 않다. 진짜 사랑만이 두려움을 쫓아낼 수 있다. 힘겹게 고민을 털어놓았을 때 상대가 도리어 화를 내며 그걸 왜 이제야 말하느냐고, 왜 나한테 먼저 말해주지 않았느냐고 화를 내는 일도 있다. 진짜 운 좋은 사람만이 하는 경험이다. 이런 경험은 길 가다가 우연히 공룡 화석을 발견하는 것만큼 어려운 일이다.

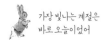

행복이 언제 시작되는지 알아?
원하는 것을 향해 움직일 때야!

만약 당신에게 그런 일이 일어난다면 주저하지 말자. 그에게 사랑한다고 100번을 말했었다면 사랑한다고 1,000번을 더 말해주자. 잊을 때쯤 만 번을 더 말해주자. 그런 사랑을 만난다는 건 쉬운 일이 아니다. 다시 말하지만 생각 없이 걷다가 공룡 화석을 만나는 것만큼 어렵다. 아니, 공룡 화석을 만나는 편이 오히려 더 쉽다. 허물을 감싸고 두려움을 쫓는 진짜 사랑을 만나기란 이토록 만만찮다.

중고등학교 시절에는 앞자리 친구가 유난히 덩치가 커서 내가 무슨 짓을 해도 선생님이 모를 거라 생각한다. 졸거나, 만화책을 보거나, 학원 숙제를 하거나, 스마트폰을 보고 있어도 내가 워낙 감쪽같아서 선생님은 결코 모를 거라고 생각한다. 훗날 학부모가 되어 학교를 찾아가 교탁에 서 계신 담임 선생님께 인사를 드린 후 무심코 교실을 둘러보면 알 수 있다. '다 보인다'라는 걸. '한눈에 다 들어온다'라는 걸.

감쪽같은 학생은 없다. 모른 척해주시는 선생님만 있을 뿐이다. 작은 교실에서 우리는 다 컸다고 생각한다. 어른인 선생님보다 힘도 세고 피도 끓어오르며 더 많은 것을 해낼 수 있으리라 생각한다. 당시 선생님들이 우리에게 '솔직히' 말씀하셨다면 아마도 이러셨을 거다. "선생 노릇 힘들어. 그리고 너에게 관심이 있다면 훈계하거나

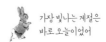
가장 빛나는 계절은
바로 오늘이었어

체벌해서라도 교정했겠지. 만화책 보고 수업 시간에 학원 숙제 하는 거 다 알고 있었어. 근데 너한테까지 잔소리할 힘이 없고, 사실 관심도 없었어. 하든 말든 나랑 관계없으니까."

요리사가 편하면 음식 맛이 떨어진다. 선생님이 편한 길만 찾으면 학생이 망가진다. 요리든 사람이든 사랑이든 일이든, 관심이 없고 애정이 없으면 몸은 편하되 서서히 무너진다. 애정이 있고 사랑이 있는 사람 눈에는 교탁에 선 선생님처럼 다 보이고 한눈에 들어온다. 정확히 알 수 없어도 사랑하는 당신이 요즘 힘들다는 걸 느낄 수 있고 알 수 있다. 그러니 언젠가 내게 말해주기를 기다린다. 누구보다 내게 먼저 말해주리라 기대한다. 그러니 다른 사람을 통해 사랑하는 이의 고민을 듣게 된다면 화나는 게 당연하다. 학생이 엎어져 자든 말든 깨우지 않는다면 학생이 감쪽같이 속여서가 아니라 선생님이 그 학생에게 관심도 없고 '아무 관계도 아니'기 때문이다. 학원에선 깨운다고? 학원에는 돈을 갖다주기 때문에 싫어도 돈값을 하는 거다.

만약 당신이 사랑하는 사람과 고민을 나누지 않고 어려움을 토해내지 않는다면, 그래 주기를 기다렸고 기대했는데 그러지 않는다면 상대는 당신에게 관심도 못 받고 아무 관계도 아니었나 싶어 화가 날 수밖에 없다. 역설적이게도 이럴 때 무섭게 화를 내는 만큼 그 사람은 당신을 사랑하는 거다. 상대가 너무 화내다가 한 대 쥐어박기라도 한다면 조용히 맞고 있자. 한 번 더 말하지만 그런 사랑 만나기보다 공룡 화석 찾기가 더 쉽다. 모든 일에는 에너지가 필요하다. 분노도 에너지다. 분노의 에너지는 사랑과 관심이다. 아무 관계가 아니라면 분노도 일지 않는다. 만사 귀찮을 뿐이다. 나랑 아무 상관도 없는데 뭘.

사랑하는 만큼 보인다. 당신은 자신의 고민을 감쪽같이 속인다고 생각하겠지만, 정말 사랑하는 사람 눈에 안 보일 리 없다. 보고도 모른 척 아무렇지 않다면, 당신과 아무런 관계도 없는데 눈치가 빠른 것일 뿐. 모든 일이 그렇듯 솔직해지는 것 역시 어렵고 힘들다. 하지만 처음이 유독 힘들 뿐이다. 잊지 말자. 누군가는 알면서도 당신이 솔직해지기를 기다리고 있을지 모른다. 솔직하게 말해주는 걸 기뻐하고 감사할지도 모른다. 솔직함, 사랑, 공룡 화석, 잊지 말자.

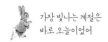
가장 빛나는 계절은
바로 오늘이었어

덧⁺

어디에나 가짜가 있다. '난 솔직하니까'라고 합리화하며 무례한 말을
아무렇지도 않게 내뱉는 사람이 있다. 그런 사람은 당신을 사랑해서가
아니라 자기 자신만을 너무 사랑하기 때문에 그렇다. 자기가 뱉은 말
때문에 당신 기분이 상하든 말든 일단 토해내야 자기가 시원하니까. 아
니, 정정하겠다. 자기 자신만을 너무 사랑하기 때문이 아니라 스스로에
게 자신이 없고 스스로 사랑하지 못해서다. 그래서 솔직함이라는 핑계
로 음절 하나하나에 가시를 박아 날리는 거다. 고슴도치처럼 가시를 세
워서 못 다가오도록, 가까이 다가오면 자신의 연약하고 볼품없는 영혼
이 드러날까 봐 그렇다.

자신을 사랑하지 못하는 사람과 자신만을 사랑하는 사람은 무척 닮았
다. 분명히 말하지만 솔직한 사람은 스스로 솔직하다고 말하지 않는
다. 정직한 사람은 스스로 정직하다 말하지 않는다. 솔직, 정직은 스스
로 말하지 않아도 주변에서 알아주는 것들이다. 없는 사람들만이 자신
에게 있다고 포장한다. 착한 어른들은 특히 조심하자. 매번 착한 사람
들만 다치고 아픈 게 너무 싫다. 그러니까 당신, 아프지 말라고.

그들에 대해서는 별로 할 말이 없다. 넉넉하고 평탄하게 살다가
베이컨으로 생을 마쳤기 때문이다. 하지만 조카인 로빈슨은 돼
지치고는 경험하기 어려운 대단히 특별한 모험을 했다.

_「꼬마 돼지 로빈슨 이야기」 중에서

평범하게 살다가
결국 베이컨이 되겠죠

기억에 남는 그림책, 동화, 애니메이션 속 동물들은 모두 친구다. 의
인화된 동물들은 사람처럼 옷을 입고, 두 발로 걷고, 사람의 음식을
먹는다. 그러기에 밀림의 왕 사자가 먹잇감에 불과한 초식동물들과
친구가 되고, 수컷 여우와 암컷 토끼가 한 팀이 되어 문제를 해결하
는 것이다. 만약 그렇지 않다면 "어이쿠, 점심시간이네. 친구, 그동
안 즐거웠어. 덥석, 냠냠" 하면서 육식동물 주인공이 옆에 있던 초
식동물 조연을 물어뜯어 끼니를 해결하는 사태가 벌어질 것이다.
다행히 모든 동물이 서로 둘도 없는 친구인 덕분에 아이들은 안심
하고, 어른들 역시 "봐, 아빠 말이 맞지? 주인공은 죽지 않아!"란 말
을 하며 뿌듯해한다.

희한하게도 '모른다' 라는 고백에서

앎이 시작된다.

그런데 피터 래빗 이야기는 다르다. 인간 입장에서 보면 선량한 농부일 뿐인 맥그레거는 주인공 피터 래빗 아버지의 원수다. 밭에 침입한 토끼들은 잡히기만 하면 털가죽이 벗겨질 게 뻔하다. 너무 잔인하다고? 내 말이 아니라 동화책에서 맥그레거 씨 부인이 남편더러 한 말이다. '가죽 벗기기랑 목 뎅겅은 내가 할 거'라고.

여기에 등장하는 여우는 어떻게든 거위나 토끼 등을 잡아먹으려고 안달이 나 있다. 버젓이 사람처럼 옷을 입고, 이족보행을 하고, 물물교환과 상거래를 하는 인간 같은 동물 친구들이 말이다. 아마도 아이들은 엄마가 읽어주는 피터 래빗 이야기를 듣다가 "엄마, 어떡해! 피터 래빗 잡혀서 죽을지도 몰라!" 하면서 조바심을 낼지도 모른다. 다행히 피터 래빗이 불운하게 죽지는 않는다. 하지만 그가 주인공이라서 안 죽은 게 아니다. 살려고 기를 썼기 때문에 안 죽은 것이다.

무엇보다 피터 래빗은 주인공이 아니다. 뭐라고? 100년 넘게 사랑받은, 얼마나 유명한 토끼인데 그가 주인공이 아니라고? 자자, 진정하시고. 피터 래빗은 여러 에피소드, 여러 단편 중 한 편의 주인공일 뿐이다. 각각의 이야기, 각각의 단편에는 저마다의 주인공이 있다. 액션 영화를 보면 주인공은 두 시간 내내 스포트라이트를 받

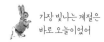

고, 총알도 피해 가는 전능한 모습을 보여준다. 조연들은 단지 거들 뿐. 하지만 피터 래빗의 동물 세계에서는 그딴 거 없다. 주인공이 없다. 아니, 오히려 모두가 주인공이다. 각 에피소드에는 전혀 다른 동물들이 등장하고 그들 모두가 주인공이다. 당연히 총알 따위 알아서 피해 가는 판타지가 아니라 알아서 제 목숨 챙겨야 하는 리얼 현실이다. 주인공 동물들은 살기 위해 죽도록 몸부림쳐야 한다. 말장난 같지만 그렇다. '살기 위해 죽도록 노력'해야 한다.

'넉넉하고 평탄한 삶을 살다 베이컨으로 생을 마감했다'라는 건 꼬마 돼지 로빈슨이 두 이모를 회상하며 한 말이다. '넉넉하고 평탄한 삶'을 살다가 죽었다는 건, 손자·손녀에게 둘러싸인 침대에서 옛일을 주마등처럼 회상하며 평온하게 세상을 떴다는 게 아니라 사람 손에 붙잡혔다는 소리다. 그런데 꼬마 돼지는 이걸 '넉넉하고 평탄한 삶'이라고 표현하며 별로 할 말도 없다고 한다. 그래놓고 자기는 모험을 떠난다. '대단히 특별한 모험'이라고 책에서 얘기하는데, 피터 래빗의 세계에서 '대단히 특별한'이라는 건 '대단히 어렵고 힘들며 죽을 수도 있어서 다른 동물들은 경험하기 쉽지 않아 특별한'이라는 의미다. 집 나가면 개고생이지만 베이컨이 된 이모들처럼은 살지 않는다고 했던 꼬마 돼지 로빈슨은 죽음 직전까지 가는 생고생을 한다. 그런 로빈슨을 볼 땐 "그냥 집에 있지 왜 사서 고생이야"란 말이 절로 나온다.

모두가 모험가가 될 순 없다. 특히나 요즘은 평범한 삶을 영위하는 것 자체가 도전이고 모험인 세상이다. 사축, 그러니까 고용주의 가축으로 핍박받고 갑질을 당해도 꾹 참는 건 평범한 삶을 어떻게든 유지하며 조금이라도 더 윤택한 삶을 살아보기 위함 아니던가. 현대 사회에서의 모험이란 평소 씀씀이라면 생각도 못 했을 물건을 사며 "이건 나를 위한 선물이야" 하는 정도다. 물론 그렇게 저지르기 전 수많은 시간 동안 그 물건은 온라인 장바구니에 담겨 있었을 테고, 수도 없이 들여다보고 고민했을 것이다. 마치 대항해 시대에 신대륙을 개척하러 출항해야 할까 말까 고민하는 것처럼 숙고하다가 결국 양심의 가책까지 받아가며 질러버린 것이 대부분이다. 질러놓고는 기쁘면서도 한편으론 불안해한다. 이게 뭔가. 돼지는 베이컨이 되고 사람은 약해지고 두려워하게 되는 것이 무슨 인과율이라도 되는 건가.

최근 난 사람으로서 대단히 특별한 모험을 시작하기로 했다. 꼬마 돼지 로빈슨이 돼지치고는 대단히 특별한 모험을 했듯이. 그렇다 해서 뭐 별다른 건 아니다. 그냥 회사를 그만뒀다. 퇴사한다고

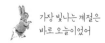

하니 동료와 선후배들이 무척 놀랐다. 그도 그럴 것이 계속 버텼다면 적어도 평범한 삶은 보장받았을 테니까. 아니 아니, 다른 사람도 아니고 왜 네가 퇴사하느냐는 반응이 거의 전부였다. 일을 못하지 않았으니까. 더구나 몸담았던 업종은 내가 좋아하고 사랑하는 일이었다. 난 종이밥을 먹었다. 출판사에서 일했다는 소리다. 내겐 책이 밥이 되었다. 책이 좋았다. 읽는 게 좋고 쓰는 게 좋았다. 대학 시절엔 그림을 전공했다. 목숨을 걸다시피 했던 그림이 아니라 편하고 휴식 같은 책을 직업으로 삼았기에 여기까지 올 수 있었다. 그러다가 어딘가에 속해 있는 게 재미가 없어졌다. 결국 더 재밌는 일을 하기 위해, 내 일을 하기 위해, 내일을 위해 퇴사했다.

당연하게도, 남들에게 퇴사를 권유할 생각은 추호도 없다. 아니, 오히려 꾹 참고 사회생활 열심히 하기를 추천한다. 모험을 위해서는 안정을 포기해야 한다. 안정은 달콤하고 모험은 대부분 실패로 끝난다. 성공하는 모험이 손에 꼽을 만하기에 성공한 모험가들을 우러러보는 것이다. 실패를 각오하고 마음을 무장한 채 떠난 길이다. 삶의 징검다리에는 성공보다 실패라는 디딤돌이 더 많이 놓였다는 걸 안다. 넘어졌을 때 목 놓아 울지 않고 슬픔에 침잠되지 않으려고 기쁠 때 기쁨을 갈무리하며 힘을 모아왔다. 그래도 어느 날 밤, 달빛도 들지 않는 어두운 구석에서 혼자 울지도 모른다. 아마도 그럴 거다.

나는 내 삶의 주인공이다. 인생에는 조연이 없고 모두가 주인공이라는 걸 안다. 주인공이라 해서 영화나 판타지처럼 무조건 멋있고 일이 술술 풀리는 게 아니라 오히려 괴롭고 아프다는 걸 안다. 다가올 고통은 피할 수 없고 삶의 무게는 조금도 덜어지지 않는다.

변하지 않는 것은 단 하나다. 내가 내 삶의 주인공이라는 것. 각본은 내가 쓴다. "레디, 액션"을 외치고 인생이 카메라처럼 돌아가면 현장에서 불꽃을 피워 올리는 연기를 하는 건 나 자신이다. 그따위 영화를 대체 누가 보느냐고? 편집을 위해 내가 보고, 내가 가장 사랑하는 사람들이 곁에서 바라본다. 이쯤 되면 적당히 찍을 수 없다. 그러니 가자. 다음 신, 멋지고 아름답지만 처절한, 그림 한번 제대로 뽑아보자. 평론가 따위 없으니 당신 마음껏.

덧⁺

어디서 또 듣고 본 건 있어서 "회사는 전쟁이지? 바깥은 지옥이다(그러니까 닥치고 시키는 일이나 똑바로 해래)"라고 말씀하시는 어르신들이 있다.

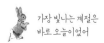

가장 빛나는 계절은
바로 오늘이었어

"네네, 넣어두시고 갈 길 가세요" 하자.

집에서 새는 바가지는 밖에서도 샌다. 사축일 때 직장인으로서 똑바로 못 했다면, 호기롭게 독립해 사업자등록증 발급받고 사장이 되어도 똑같다. 회사에서 이겼던 장수는 밖에서도 이긴다. 회사에서 주변 선후배에게 민폐 끼쳐가며 월급이나 겨우 받아먹던 쪼다들은 독립해서 사장놀이 해도 어차피 망한다. 다만, 회사가 편한 거니 감사히 일이나 하라는 꼰대들에겐 중지를 날려주자. 지나가는 부장 1, 지나가는 임원 2 따위가 감히 주인공한테 이래라저래라야. 모험과 영광이 나의 것이듯, 고통도 나의 것이다. 내 고통을 덜어줄 생각이 없다면 내 모험에 훈수 두지 말고 가던 길 가라고 하자. 서로를 위해 그게 좋다.

재봉사는 사흘 밤낮을 끙끙 앓았다. 그렇게 사흘을 앓다 깨어 보
니 크리스마스이브였다. 게다가 한밤중이었다. 달님이 지붕과
굴뚝 위로 솟아올라 칼리지 코트로 들어가는 입구를 내려다보고
있었다. 집집마다 불이 꺼져 창가가 캄캄했고 정적이 흘렀다. 글
로스터의 도시 전체가 눈을 맞으며 곤히 잠들어 있었다.

_「글로스터의 재봉사 이야기」 중에서

조금만 비워두면
멋진 일이 생긴다

산타 할아버지는 언제까지 존재하는 것일까? 애초에 굴뚝으로 들어와 선물을 주는 마음씨 좋은 북유럽 할아버지 따위 없으니까 존재하지 않는 것일까? 아니면 엄마 아빠가 자녀의 동심을 지켜주려고 노력하시는 때까지? 나는 이렇게 생각한다. 산타 할아버지는 믿는 순간까지 존재한다고. 산타 할아버지가 있다고 믿는 한 산타 할아버지는 있다. 울기도 많이 울었고 착한 일도 많이 안 한 것 같지만 오늘 밤 나 몰래 찾아와서 선물을 주고 가시리라 믿는 동안은 산타 할아버지가 존재한다. "아이구, 지금 때가 어느 땐데 산타 할아버지 타령이에요?"라고 웃으며 부정하는 순간 전 우주에 산타 할아버지 따위는 존재하지 않게 된다. 스스로 없다고 생각하는 건 누가 뭐래도 존재할 수가 없다.

어쩌면 가장 소중하고 중요한 건 그것이 존재해서가 아니라 존재를 믿기 때문에 존재하는 게 아닐까. 눈에 보여서 알고 눈에 보여서 있다고 생각하는 건 누구나 할 수 있다. 하지만 아무도 보지 못하고, 아무나 알지 못하고, 쉽게 깨닫지 못할지라도 내가 믿고 존재를 의심치 않는다면 그것은 곧 실존한다. 쉬운 예를 들어볼까? 희망 같은 거. 아아, '희망'이라. 십수 년 전 동화책에서나 슬쩍 본 것 같은, 순진하다 못해 어리숙한 애들이나 입에 올리는 단어라고? 그렇게 생각한다면 당신에게 희망 따윈 없다. 희망은 누가 줄 수 있는 게 아니니까. '꿈' 같은 건 또 어떨까? 이 무슨 옛날 옛적 얘기냐고, 꿈은커녕 당장 하루 벌어 하루 먹고살기도 힘든데 꿈이 밥이라도 먹여주느냐고 따질 사람 있겠다. 그렇다. 그렇게 따지는 사람에게는 지금 꿈 따윈 없다. 그렇게 생각하는 사람은 아무리 오래 자도 숙면이 뭔지 모를 거다. 당연히 자다가 꿈을 꾸기도 쉽지 않고, 눈을 뜨고 마음에 품게 되는 꿈도 요원한 일이다.

꿈을 꾸는 사람, 몽상가는 대체로 바보 취급을 받아왔지만, 잘나고 똑똑하다고 자부하는 사람치고 꿈을 꾸는 사람을 보지 못했다. 왜냐고? 잘나고 똑똑한 사람들은 정확히 자신이 할 수 있는 것, 자

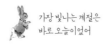

신에게 가능한 것만 생각하기 때문이다. 목표를 세우고, 목표에 다가서기 위해서 날을 잘게 쪼개고, 그 작디작은 시간 사이에 무엇을 해야 할지 생각한다. 성실하고 바쁜데 꿈을 꿀 시간은 없다. 하지만 열심히 사니까 주변에서 성실하다고 인정해주고 추켜세워준다.

그런데 뭐, 뭐 어쩌라고. 죽어라 열심히, 성실히 일해봤자 아주 조금 빨리 승진하고 동기보다 돈 좀 더 받는 거? 그래서 누가 좋은데? 그래봤자 당신 사장만 좋다. 그래서 뭐 어쩌라고. 당신이 지금 아등바등 일하는 거, 당신 사장의 꿈을 이루는 거지 당신 꿈과는 아무런 관계가 없다. 설마 "사장이 꿈을 이루는 게 제 꿈을 이루는 거예요"라고 말할 사람은 없겠지. 당신은 사장의 꿈을 이루기 위한 부속으로 이 세상에 왔나? 미치지 않고서야 그럴 사람은 없겠지.

누군가를 사랑하게 되고, 온 우주의 축복 속에 상대도 나를 사랑하게 된 커플이 있다고 하자. 남자든 여자든 사랑하는 그이와 행복한 날을 '꿈꿀' 것이다. 그런데 사랑이며 행복한 미래며, 이런 것들이 눈에 보이나? 사랑하는 그이와 어떤 삶을 살고 어떤 집에 살고 어떤 이야기를 만들어갈지 눈에 보이나? 전혀, 보일 리가 없다. 미운 짓 하는 거, 나한테 거짓말하는 거, 내 속도 모르고 나 화났는데 눈치도 못 채는 건 알려주지 않아도 손에 잡힐 듯 잘 보이는데 사랑하는 사람과 꾸려나갈 미래, 미래까지 갈 것도 없고 당장 내일도 사실 잘 안 보인다. '내일 원피스를 입어야지' 정도, 내일 만남에 입고 나갈 옷들을 침대에 올려놓는 정도는 할 수 있다. 하지만 그 외의 모든 것은 내 맘대로 되는 일이 별로 없다.

그런데 내일 무슨 일이 있을지 모른다고 해서 불행한 건가? 아니 아니, 오히려 내일 무슨 일이 있을지 모르기 때문에 더 두근거리고 행복하고 기대되는 거 아닌가? 확신할 수 없고, 생각대로 되지 않지만 내일을 꿈꾸고 행복한 내일을 희망하고 사랑하는 사람과의 내일을 기대하기 때문에 두근거리고 신나는 거다. 이런 거, 절대 눈에 안 보인다. 정말 중요하고 소중한 것일수록 보이지 않는다. 믿고 기대하기 때문에 있는 거다. 믿지도 않고 기대하지도 않으면 100년이 지나도 그런 일은 일어나지 않는다. 만질 수 없는 걸 기대하는 게 믿음이다. 볼 수 없는 걸 소망하는 게 신뢰다. 정확한 목표를 세우면 목표의 근처에 갈 수 있다. 하지만 열 가지 중 두 가지 정도는 공백으로 두자. 비워둔 자리에서 알 수도 없고 생각도 못 했던 신나는 일들이 벌어진다. 예상 가능한 일이라는 건 어딘가 뻔하다. 재미난 일들은 항상 비워둔 곳에서 일어난다.

후크 선장은 피터 팬을 없애기 위해 독약을 준비한다. 그런데 늘

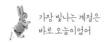
가장 빛나는 계절은
바로 오늘이었어

피터 팬의 곁에 있던 팅커벨이 후크 선장의 계략을 알아채곤 피터 팬 대신 독약을 날름 먹어버린다. 독 때문에 고통스러워하며 죽어가는 팅커벨을 살릴 수 있는 건 요정이 있다고 믿는 이들의 박수와 믿음이다. 어디선가 들려오는 박수와 믿음 덕분에 팅커벨은 겨우 정신을 차리고 다시 힘찬 날갯짓을 하게 된다. 그 박수와 믿음, 나도 보탰다. 어릴 적 피터 팬 이야기를 읽으며 '이제 어쩌나, 팅커벨이 정말 죽는 건 아니겠지?' 하면서 나도 모르게 '요정은 있어! 요정은 있다고!' 속으로 열심히 외쳤다.

요정은 몰라도 희망 같은 거, 꿈 같은 거는 당신 바로 뒤에 있다. 돌아보면 보일 거다. 눈앞에 없다고, 보이지 않는다고 영 없다 생각하지 말자. 없다고 생각하면 정말 없으니까. 잠시만 공백을 두고, 잠시 쉬면 분명히 보일 거다. 감기에 걸려 몸이 아플 때 아픈 상황을 원망하고 비관하지 말자. 몸은 정직하다. 체력 이상으로 고생하고 노력하면 몸이 아프기 마련이고, 더 아프고 더 상하기 전에 견딜 만한 아픔으로 몸이 우리에게 신호를 보내는 거다. 열심히 했으니 잠깐만 쉬자고, 몸을 추스른 다음에 일어서자고 신호를 보내는 거다. 작은 아픔은 어쩌면 견딜 수 없는 더 큰 아픔을 예방하기 위한, 견딜 만한 아픔일지도 모른다. 보이지 않는 걸 믿고 앞으로 나가자.

당장은 변하는 게 없을지라도, 아무것도 하지 않으면 결국 아무것
도 변하지 않는다.

덧⁺

당신이나 나나 아프지 않았으면 좋겠다.

믿을 수 없겠지만 세상은 재밌고 살 만하다. 내 말에 한 번만 속아다오.

그리고 그러다 보면 재밌어진다. 믿기 힘들겠지만.

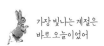
가장 빛나는 계절은
바로 오늘이었어

내일 무지개가 뜨는 건
오늘 비가 왔기 때문이야.

피터는 한숨을 돌리려고 주저앉았다. 숨이 차고 온몸이 바들바들 떨릴 만큼 무서웠으며, 어디로 가야 할지 막막했다. 게다가 물뿌리개 안에 숨었던 터라 몸이 축축했다.

(중략) 피터는 쥐 아줌마에게 대문으로 가는 길을 물었다. 하지만 쥐 아줌마는 입안에 커다란 검정콩을 물고 있어서 대답을 하지 못하고 그저 피터에게 고개만 저어 보였다. 피터는 왈칵 울음을 터뜨렸다.

_「피터 래빗 이야기」 중에서

언제든
거절당할 수 있어

딱 걸렸다. 엄마 말씀 안 듣고 맥그레거 씨 텃밭에 간 피터 래빗은
오이밭에서 맥그레거 씨와 맞닥뜨렸다. 맥그레거 씨가 갈퀴를 흔들
면서 소리 지르며 쫓아오자 피터 래빗은 혼비백산하여 도망친다.
잡히면 어떻게 될지 누구보다 잘 알고 있기 때문이다.

흔히 당황하거나 겁을 먹으면 엉뚱한 실수를 하거나 평소라면
절대 하지 않았을 행동을 하곤 한다. 피터는 들어왔던 입구를 까먹
고 이리 뛰고 저리 뛰다 신발을 모두 잃어버린다. 게다가 황동 단
추가 달린 파란색 새 옷도 그물에 걸려 벗겨지고 만다. 그물에 걸렸
을 땐 이젠 죽었구나 싶어 눈물까지 뚝뚝 흘린다. 아슬아슬하게 그
물에서 벗어났지만, 맥그레거 씨는 숨통을 조여오는 추적자처럼 다

가온다. 무섭다. 떨린다. 도움을 청해도 누구 하나 도와주지 않는다. 피터는 다시 또 울음을 터트린다. 구사일생으로 빠져나와 집에 도착한 피터는 얼마나 무섭고 끔찍했던지 저녁 내내 끙끙 앓는다. 피터가 아프건 말건, 다른 세 형제는 평온하기만 하다.

어쩌면 인생은 평생에 걸친 오디션인지도 모른다. 자신의 꿈과 목표라는 배역을 얻기 위해 끊임없이 도전하고 스스로를 증명하는 오디션장을 누비는 것인지도 모른다. 어릴 적엔 학생이라는 배역을 맡는다. 더 성장해서는 사랑할 만한 어른이 되었는지 연인 앞에서 자신을 내보이며, 더 좋은 부모가 되기 위해 끊임없이 연기한다. 삶이 연기이고 연기가 또 삶인 것처럼.

누구든, 모두가 다 처음 맡은 배역이다. 입학식을 거쳐 학생이라는 배역을 처음 맡고, 첫사랑을 통해 사랑이라는 감정을 배운다. 사랑하는 이에게 프러포즈하고 결혼하여 아빠가 되고 엄마가 되면 생전 처음 맡는 부모 역할에 진땀을 뺀다. 귀중한 생명인 아기를 얻은 후 배역에 서툰 엄마 아빠는 어느 날 밤 서로를 붙잡고 엉엉 울기도 한다. 어려운 극단과도 같은 가정을 하루하루 힘겹게 이끌어가느라 어떤 날은 실망하기도 하고, 분노하거나 배신감을 느끼기도 한다. 모든 것이 처음이기에 만만한 배역은 하나도 없다. 누군가는 결

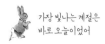
가장 빛나는 계절은
바로 오늘이었어

혼이라는 무대에서 실패를 맛봐 배역을 내려놓고 혼자가 되기도 한다. 그중 누군가는 한번 맡아봤던 배역이기에 두 번째 결혼 무대에서는 오히려 더 안정적으로 잘 해내기도 한다. 그렇게 늙어가 할머니 할아버지가 되고, 죽음이라는 마지막 장에 이르면 무대의 조명이 꺼진다. 조명이 꺼지기 직전, 인생을 걸고 해왔던 배역들이 어땠는지 스스로 돌아보게 된다. 그리고 매 오디션에 참여했던 가족과 친구들, 사랑하는 이들 역시 그 사람이 어땠노라고 평하며 추억한다. 길지만 또 짧은 무대다.

오디션에서 축하받고 배역을 따내는 인원은 늘 한정돼 있다. 박수를 받으며 웃는 사람보다 쓴웃음을 지으며 뒤돌아서는 사람이 많다. 오디션은 실패의 연속이고 거절당하는 일이 예사다. 분야를 막론하고 하늘에서 뚝 떨어진 듯 하루아침에 대스타가 되기란 요원한 일이다. 거절. 거절. 다시 또 거절. 성공과 합격의 이유는 단순한데 실패와 불합격의 이유는 만 개가 넘는다. 키가 작아서, 얼굴이 각져서, 목소리가 좋지 않아서, 머릿결이 나빠서, 피부가 좋지 않아서 등등. 실패와 불합격의 이유가 만 개가 넘는 건 실패와 거절을 당하는 사람이 만 명이 넘기 때문이다. 거절당한 이들에겐 각각 다른 거절의 이유가 제시되는데, 더 명확하고 구체적인 이유를 알아야만 그나마 견딜 수 있다. 아니면 '다 좋았는데 작은 키가 문제였나 보다'라고 생각하는 게 속이 더 편할지도 모른다. 그것 하나만 아니라면 당당히 주인공으로 뽑혔을 텐데, 그것 하나 때문에 아쉽게 떨어진 거라고.

틀렸다. 그 배역에 더 잘 어울리는 사람이 있었기 때문이다. 더 중요한 사실은 나에게 더 잘 맞는 좋은 배역이 어딘가에 있다는 것이다. 키가 작아서, 목소리가 나빠서, 피부가 좋지 않아서, 다 틀렸다. 예컨대 사랑이라는 꿈같은 무대에 주인공으로 서고자 한다면, 키가 작거나 피부가 나빠서 같은 건 문제가 아니다. 그런 조건 때문에 주인공이 될 수 없다면 그것은 사랑이 아니다. 사랑은 서로 사랑하기 때문에 사랑인 것이다. 잘나서, 가진 게 많아서, 능력이 있어서, 예쁘고 잘생겨서 사랑하는 게 아니라 사랑하기 때문에 사랑인 것이다. 무엇무엇 때문에 사랑하는 게 아니라 당신이라서, 당신 자체라서 사랑받는 게 사랑인 것이다. 인생의 배역과 인생의 오디션에서 거절당하는 건 무언가 모자라거나 조건이 안 맞아서가 아니다. 단지 그 배역에 있어야 할 사람이 당신이 아니기 때문이다. 그리고 더 좋은 배역은 항상 숨어서 당신을 기다린다. 100번 거절당했다면 100번 시도해본 것이고 100번이나 되는 오디션을 봤다는

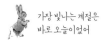
가장 빛나는 계절은
바로 오늘이었어

것이니, 오히려 칭찬과 박수를 받을 일이다.

피터 래빗은 너무 서운해서 눈물을 흘렸다. 맥그레거 씨 텃밭을 벗어나지 못하면 잡혀서 죽을지도 모른다. 지나가던 쥐 아줌마에게 대문으로 가는 길을 물었지만 대꾸도 안 한다. 얼마나 서운했을까. 얼마나 두렵고 외롭고 답답했을까. 피터는 울음을 터트린다.

하지만 피터는 몰랐다. 쥐 아줌마는 입안에 커다란 검정콩을 물고 있었다. 자신만을 위한 거였다면 검정콩을 맛있게 먹었을 테지만, 숲속 가족에게 주기 위해 콩을 부지런히 나르는 중이었다. 쥐 아줌마 역시 피터에게 친절히 길을 알려주고 싶었을 것이다. 하지만 쥐 아줌마 역시 자신의 인생에서 맡은 배역을 최선을 다해 연기하는 중이었다. 가족을 배불리 먹이기 위해 고양이가 지나다니는 곳을 용감하게 헤쳐나가는 중이었다. 그런 위험이 일상이다. 이 길에서 저 길로 가로지르는 사이 생이 끝날지도 모르지만 오늘도 내일도 변함없이 오간다. 자신의 삶이 무겁다는 걸 아는 사람만이 타인의 삶의 무게를 존중할 수 있다. 쥐 아줌마 역시 피터를 돕고 싶었을 것이다. 하지만 입에 있는 것, 가족의 먹이이자 목숨과도 같은 걸 내뱉으면서까지 피터를 도와줄 수는 없었다. 그런 사실을 알 리 없는 피터는 야속함에 눈물을 흘린다. 냉정하고 단호한 거절을 당했다고 느꼈을지도 모른다.

거절당하지 않는 사람은 없다. 누구나 거절을 당하고, 반대로 누구나 거절하기도 한다. 거절이 무섭다면 더는 오디션을 보지 않으면 된다. 하지만 인생의 어떤 배역이든 꿈꾸는 주인공으로서 자신만의 배역을 맡고 싶다면 거절에 발목을 잡힐 필요는 없다. 당신을 거절하는 상대방도, 알고 보면 거절당하지 않기 위해 안간힘을 쓰며 입안 가득 커다란 검정콩을 물고 있을지도 모르는 일이다. 거절에 아파하기보단 내게 맞는 자리와 배역을 아직 못 만난 것뿐임을 기억하자. 가치 없는 삶이란 없고 대신할 수 있는 배역이란 없다. 100명이 있다면 100가지의 배역과 100가지 아름다운 길이 존재하는 것이다. 지금 해야 할 일은 거절을 두려워하거나 지난 거절에 마음 아파하는 게 아니라 새로운 오디션장의 문을 힘차게 열어젖히는 것이다.

덧⁺

좋은 배역을 맡아도 '이유 없이 훼방하고 주는 것 없이 밉기만 한' 역할을 맡은 사람이 인생에 꼭 끼어들기 마련이다. 자기 배역이 아님에도 다른 배역을 질투하거나, 뒷말을 일삼거나, 자기의 안위를 위해 거짓말하고 과장하기를 밥 먹듯이 하는 사람이다.

손뼉 쳐주자. 악당 역할을 아주 충실히 연기하는 중이다. 그런 악당 따위에게 일일이 신경 쓰지 말자. 내버려 두면 그런 사람은 스스로 넘어진다. 안 그래도 신경 쓸 일이 얼마나 많은가. 기쁘고 행복하기에도 인생은 짧다.

수전은 브로드 대로를 부지런히 걸어 가파른 계단으로 내려갔다.
그 길은 부두로 가는 지름길이었다. 반면 오리들은 현명하게 에둘
러 가는 바닷가 길을 택했다. 계단은 몹시 가파르고 미끄러워 고
양이처럼 안정적으로 걷지 못하면 지나기 어려운 길이었다.

_「꼬마 돼지 로빈슨 이야기」 중에서

가장 빛나는 계절은 바로 오늘이었어

친구가 심각한 표정으로 "노후 설계를 받아봤는데 상황이 나쁘다"라고 말했다. 현재 수입, 은퇴 예상 시기, 평균 생존 연령 등을 따져봤을 때 늙어서 최소 몇 억이 필요한데 대비가 전혀 안 되어 있다는 거였다. 하도 심각하게 얘기하기에 '웃기지 말라'고 말해줬다. 그렇게 얘기하는 노후 설계사는 노후를 어떻게 준비하는지 아느냐고 물었다. 모른다기에 답해줬다. "너처럼 솔깃하는 녀석에게 금융상품 팔아서 번 돈으로 하는 거야"라고 말이다.

수많은 장사가 두려움을 기반으로 한다. 예견된 위험을 피하는 건 지혜로운 일이지만, 벌어지지도 않은 위험에 현실을 저당 잡히는 건 장사치들에게 혹했기 때문이다. 일본에서 비롯된 '노후파산'

이라는 말은 결혼과 출산을 포기할 수밖에 없는 청년 세대의 현실, 급격한 노령화, 노동 인력 감소로 인한 노후의 빈곤한 삶을 담은 말이다. 냉정하고 예리하게 현실을 짚는 건 좋다. 그런데 "노후에 자식에게 손 벌리지 않고 살려면 얼마가 있어야 하는지 아십니까?"라거나 "노후 대책은 어떻게 세우고 계시나요? 노후 자금은 마련하고 계시나요?"라고 치고 들어오는 건 장사치다.

100세 시대라니 60세에 은퇴하면 40년 동안 수입 없이 살아야 한다. 만약 2인 기준 월 200만 원이 필요하다 치면 1년에 2,400만 원, 그걸 곱하기 40 하면 무려 9억 6,000만 원이 된다. 당장 친정엄마 에어컨 사드릴 200만 원도 없는데 노후 자금 9억 6,000만 원? 에어컨은커녕 우리는 스마트폰도 할부로 산다. 월급 빼고 다 오르는 세상에 9억 6,000만 원은 바라지도 않는다. 만약 계좌에 그만큼이 있다면 주변에서 모두가 "뭐? 9억 6,000만 원이나 갖고 있다고? 알고 보니 부자였구나?"라며 눈을 동그랗게 뜰 것이다.

노후 대책이란 건 품위 있는 노인으로 늙는 게 본질인데 장사치들은 "그렇게 대책 없이 살 거니?"라고 겁을 줘 상품을 판매한다. 고민하고 준비해야 하는 건 맞지만 겁먹고 쫓겨 다닐 필요는 없다. 왜 오지도 않은 내일 때문에 오늘을 희생해야 하는가? 왜 사냥꾼처

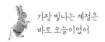

럼 숨통을 죄어오는 내일을 두려워해야 하는가? 나의 미래가 나를 두렵게 해서는 결코 안 된다. 충만하고 여유 있는 미래는 만족하고 감사하는 오늘이 지난 후 찾아오기 마련이다.

난 맛있는 건 아꼈다가 나중에 먹는다. 한우로 끓인 쇠고기미역국을 먹을 땐 미역과 국물부터 먹고, 부드러운 고기는 남겨두었다가 마지막에 한 번에 먹는다. 콩밥을 먹으면 콩을 일부러 요리조리 피해서 밥만 먹다가 나중에 숟가락 가득 콩을 담아 먹는다. 누군가가 그걸 보고 "어머, 콩 싫어하시나 봐요? 콩만 고르시는 거 보니"라 하기에 그 반대라고 열심히 설명한 적이 있다. 친한 이들은 이런 나의 식습관을 두고 '없어 보인다', '궁상맞다', '남들이 오해한다'라는 말을 했다. 그 말이 맞다.

어르신들은 종종 "아끼다 똥 된다"라는 말씀을 하신다. 이 말만큼 유니크하고 뼈를 때릴 정도로 와닿는 표현을 본 적이 없다. 예전 우리 어머니들은 과일을 사서 자식들 먹인다고 쟁여두시다가 본인은 항상 무르고 상할 조짐이 보이는 것들부터 드셨다. 결국 과일을 사서 다 먹어 없어질 때까지 어머니들은 B급만 주야장천 드신 셈이다. 아무도 알아주지 않는데 그렇게 아끼다가, 이제 좀 살 만하다 싶고 여유로워지면 몸이 아프고 괜히 외롭고 서러울 때가 온다. 커다랗고 높은 둑으로 막아왔던 감정이 한꺼번에 와르르 무너지는 것이다. 아끼지 말걸, 충분히 누릴걸, 나는 소중하고 예쁜 존재인데 왜 B급만 먹고 마시며 살아왔나 싶어진다. 그런 후회 때문에 젊고 어린 이들에게 진심을 담아 "아끼다 똥 된다"라고 말씀하시는 거다.

오늘만 살 것처럼 분수도 모르고 감당 못 할 소비를 하라는 게 아니다. 책임지지 못할 일을 벌이라는 게 아니다. 아직 오지 않은 내일 때문에 오늘을 아끼다가는 똥 된다는 소리다. 우리가 정말 아껴야 할 것은 오늘이다. 내일 걱정은 내일에게 맡기자. 내일의 일은 내일의 내가 처리할 것이다. 우리에게 가장 필요한 건 치열한 오늘이다. 소중한 오늘이다. 오늘을 치열하게 살지 않고 소중히 여기지 않는다면 내일은 말해 무엇할까. 차곡차곡 쌓이는 만족과 행복한 오늘이 없다면 내일은 분명 오늘 채우지 못한 불만족의 이자까지 더해져 나를 짓누를 뿐이다.

내일 걱정을 오늘 한다고 해서 달라질 것은 없다. 우리가 바꿀 수 있는 건 오늘뿐이다. 어제는 이미 지나갔기에 되돌릴 수 없고, 내일은 아직 오지 않았기에 우리의 손이 닿지 않는다. 우리에게 허락된 유일한 시간은 오늘이다. 어제는 녹아버린 눈사람이다. 기억에 남았지만 흔적이 없다. 내일은 잠에서 깨지 않은 새벽이다. 온다는

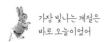
가장 빛나는 계절은
바로 오늘이었어

건 알고 있지만 깨기 전까지는 알 수 없는 미지의 영역이나 매한가지다. 내일은 누구에게나 오는 게 아니다. 하룻밤 사이 수많은 별이 깜박이며 사라지고, 사라지는 별만큼 수많은 사람이 오늘을 마지막으로 삶을 떠난다. 우리가 내일을 선택하는 게 아니라 내일이 우리에게 자신을 허락하는 것이다. 우리가 살 수 있고 바꿀 수 있는 유일한 시간은 오늘, 바로 지금뿐이다. 당장 지금을 충만하게 보낸 사람에게는 내일이 웃으면서 시간을 허락한다.

벳시 할멈의 심부름으로 생선 여섯 마리를 얻으러 바닷가로 가야 하는 고양이 수전은 지름길을 택했다. 그 길은 가파르고 미끄럽지만 수전은 고양이이기 때문에 아무런 문제가 되지 않는다. 오리들은 지름길이 아닌 에둘러 가는 길을 택했다. 오리는 고양이가 아니기 때문이다. 시간이 좀 더 걸리더라도 안전하고 틀림없는 길이기 때문이다. 그들이 향하는 곳은 바닷가였다. 거기에 이르기까지 저마다의 길, 자신에게 맞는 길이 있다. 자신의 길을 남에게 강요할 필요도 없고 남의 길을 따라갈 필요도 없다. 우리의 행복한 노후를 위해 필요한 건 은퇴 후의 노후 자금 9억 6,000만 원이 아니라 충분히 만족하고 치열하게 살아가는 오늘이다. 명심하자. 아끼다 똥 된다. 내일에 쫓기지 말고 충실한 오늘로 밝은 내일을 선물 받자.

'아' 다르고 '어' 다르다고 했다. '오늘만 살자'와 '오늘을 살자'는 한 음절 차이다. 하지만 둘은 비교 불가다.

노후 대비의 첫 번째는 '분수에 맞는 검소한 삶'이다. 은퇴 후 전원주택을 짓고 텃밭을 가꾸는 목표, 좋다. 하지만 노년의 전원주택을 위해 몸이 상하도록 일하느라 젊음의 낭만을 누리지 못하는 건 잘못이다. 전원주택 지을 부지를 매입한답시고 분에 넘치는 대출을 받아서 미리 땅을 사두는 것도 미련한 짓이다. 대출 이자 갚다가 오늘을 희생하는 꼴이며, 전형적인 '아끼다 똥 된다' 되시겠다.

은퇴 후 전원주택을 짓고 텃밭을 가꾸고 싶다면 오늘 당장 작은 화분에 상추를 심어보자. 빼먹지 않고 물만 잘 주면 무시무시하게 빠르게 잘 자란다. 몇 포기만 돼도 다 먹지 못할 정도다. 만약 이게 귀찮다면, 지금보다 힘도 없고 눈도 침침한 은퇴 후에 전원주택의 텃밭을 가꾸겠다고 말하는 건 헛소리라고 답하겠다. 모든 일은 보기보다 어렵다. 다만 어려운 일도 오늘부터 한다면 쉬워진다. 오늘 못 하는 일은 내일이 되어도 못 한다.

착한 토끼는 굴 속에서 빼꼼히 밖을 내다보았다. 꼬리도 수염도
없이 지난 일을 후회하는 못된 토끼가 보였다.

　　　　　　　　　　　　＿「사납고 못된 토끼 이야기」 중에서

후회하지 말고 그냥 해,
바로 지금

몰라서 안 하는 것과 알면서도 못 하는 것. 같은 말 아닌가 싶겠지만 묘하게 다르다. 소금이란 말은 짠내를 품고 있지만 그저 짜기만 한 게 아니다. 몰라서 안 하고 알아도 못 하는 일은 소금처럼 짠맛과 단맛, 신맛 등 오묘함을 품고 있다. 이런 일이 뭐가 있을까. 아마 사랑 같은 게 그렇지 않을까. 사랑하는 이가 항상 곁에 있을 줄만 알았다. 내게 이별이 다가오리란 걸 몰라서 더 힘을 내 사랑하지 못했다. 이별 후 사랑했었다는 걸 알아차리지만 홀로 남았기에 더는 사랑을 이어나갈 수 없다. 이별을 몰라서 사랑을 안 하고, 사랑을 알았으나 이별 후라 못 한다. 몰라서 안 하는 것과 알아도 못 하는 건 다르다. 돌이켜볼 때 아프다는 점에선 둘 다 같지만.

내가 나라서 칭찬해.

내가 나라서 좋아.

사랑은 조각 같은 걸지도 모른다. 커다란 바윗덩이를 보며 거친 바위에 숨어 있는 형상, 사랑을 본다. 망치를 들고 정으로 바위를 쪼갠다. 부스러기가 튀고 더러는 내 얼굴에, 눈에, 손에 튀기도 한다. 드디어 사랑의 형상이 나온다. 그런데 뭔가 못내 아쉽다. 망치질을 조금 더 한다. 사랑의 팔이, 머릿결이, 마음이 파이고 떨어져 나간다. 한참을 때리고 쪼개다 보니 커다랬던 바윗덩이가 마음에 못내 미치지 못했던 아까의 형상보다 훨씬 더 작은 부스러기가 되어 있다. 조각난 것들을 다시 붙일 순 없다. 돌이 깨어지고 사랑도 깨어진다. 다른 조각을 위한 다른 바위를 찾는다. 내가 깨서 없애버리는 바위도 있지만, 내가 가진 것으로는 도저히 조각할 수 없는 단단한 바위도 있다. 정을 대고 망치를 내리쳤는데 날이 나가고 망치가 튕겨 나가는 경우도 있다. 닫혀 있는 마음에 보이지 않더라도 눈에 그릴 수 있는 형상을 조각하기까지 석수나 돌이나 아프긴 매한가지다. 석수의 손에는 물집이 잡히고 돌에는 상처 또는 추억이 남는다. 마지막이라고 장담할 수 없으나 마지막이라고 믿고 싶은 완성의 조각을 만나면, 이때껏 이날을 위해 수많은 칼과 망치를 들었다는 걸 비로소 알아챈다. 아름다운 형상을 새기기 위한 망치질은 예술적 몸짓의 연장이지만, 원치 않았던 망치질은 그저 상처를 남기는 행위일 뿐이다.

완성이라 믿을 만한 조각을 만들어낼 때까지 이별을 몰라 사랑에 힘을 못 내고, 사랑을 알았으나 이별 후라 사랑을 못 한다. 주변을 돌아보니 부서진 마음과 완성하지 못한 조각의 부스러기뿐이다. 그때의 아픔은 부서진 돌가루를 갈아 입에 털어놓고 씹다가 삼키듯 텁텁하고 따갑고 아프며 괴롭다.

젊어서는 몰라서 못 하고, 늙어서는 힘이 없어 못 한다고 한다. 어른들은 젊은이들에게 '무얼 무얼 해라'라고 말씀하시기를 좋아한다. 공부해라, 효도해라, 결혼해라, 취직해라 등등. 잘 살펴보면 무엇을 하라고 말하는 어른들, 젊었을 적에 자신이 안 했던 걸 꼭 우리에게 시킨다. 젊을 땐 노느라 못 한 게 아니라 몰라서 못 한 거다. 미분이나 적분? 그런 걸 어디에 써먹어. 산수만 할 줄 알면 먹고사는 데 지장 없는데. 예전에 살면서 가장 후회되는 것이 무엇인지 성인 대상으로 조사를 했는데 1위가 '공부'였다는 믿지 못할 결과가 나오기도 했다. 안 했기 때문에 후회돼서 그렇단다. 그래서 어른들은 공부하라고 지겹도록 잔소리하는 거다. 효도? 공부만큼 효도 역시 죽도록 안 한 분들이 우리더러 효도하고 어른 공경하라고 한다. 취직? 자신의 기술로 언제든 제 밥을 벌어먹을 줄 알았던 어른은

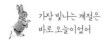

취직 안 하고 빈둥대는 젊은이를 봐도 심드렁하다. "애도 아니고, 자기가 알아서 할 테니 놔두세요"라고 말이다. 이런 말을 하면 옆에 있던 이모는 "당신은 참 무책임해. 당신 조카 아니라고 그렇게 말 쉽게 해도 돼?"란 대꾸가 나오고, 뒤이어 "아니, 처조카는 내 조카 아냐? 무책임하긴 내가 뭘 무책임해?" 하고 싸움이 번지는데…….
아, 이건 우리 집 얘긴 결코 아니니 일단 여기까지.

어쨌든 일이 없었던 젊은이가 어른이 되면 젊은이들더러 꼭 취직하라고 한다. 잘 둘러봐라. 죽도록 공부했던 사람이 부모가 되면 자식에게 공부하라는 말, 생각보다 안 한다. 죽도록 공부 안 했던 사람이 훗날 부모가 되면 자식이 꼭 의사나 한의사나 변호사나 검사가 되길 바란다. 의사나 한의사나 변호사나 검사가 그렇게 좋으면 엄마가 하세요. 아들딸은 아직 꿈을 못 찾았으니까요. 꿈은 엄마가 찾아주는 게 아니라 내가 찾는 거다. 엄마가 갖고 있는 보물지도는 엄마의 것이지 내 것이 아니다.

그런데 왜 젊어서는 몰라서 못 하고 늙어서는 힘이 없어 못 하는 것에 공부, 효도, 결혼, 취직만 있을까? 왜 우리더러 "사랑해라", "더 맘껏 사랑해라"라고 말해주는 어른은 없을까. 자기가 못 하고 못 이루었던 걸 후세에게 하라고 강요하고 잔소리하는 거라면, 반대로 어른들은 '맘껏 사랑해봤기' 때문에 우리더러 "맘껏 사랑해라", "더 사랑해라"라는 말을 안 하시는 걸까. 자신들이 못 한 건 우리더러 하라고 하면서, 자신들이 누리고 즐거워했던 건 왜 우리더러 누리라고 안 하는가. 대학생 되면 살도 빠지고 이성 친구도 생긴다는 말은 어른들께 들었어도 여태껏 "힘껏 사랑해라"라는 말은 들지를 못했다. 어른들, 자기들은 다 해봤으면서 왜 우리한테는 자기가 안 하고 못 한 것만 시키고 정말 하고 싶은 건 꾹 참았다가 나중에 하라고 하는 걸까?

난 어딘가 나사 하나쯤 빠진 어른이기에 말하고 싶다. 사랑부터 하라고. 사랑부터 하고 싶어도 뒤로 밀리고 돌이켜 후회할 일 많으니, 돌가루를 씹듯 청춘이 괴로울 때 많으니 사랑부터 하라고. 그것도 적당히 대충 하지 말고 제대로, 다 부서져 없어질 때까지 해보라고 말이다. 젊어 고생은 사서도 한다는 말은 틀렸다. 고생은 젊으나 늙으나 최대한 안 하는 게 좋다. 꼭 아파야만 배울 수 있는 게 아니다. 아파야만 배울 수 있다면 그것은 진리가 아니다. 다만 사랑은, 아프더라도 하는 게 좋다. 바위 입장에서 조각가의 망치질은 아픔이지만 아픔인지 추억인지는 지나고 볼 일이다. 아픈 것도 사랑이고 추억도 사랑이다. 진짜 사랑은 아픔보다 더 큰 것을 남긴다.

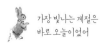

가장 빛나는 계절은
바로 오늘이었어

덧+

사랑을 꿈꾸고 사랑을 조각하는 모든 사람이 그리스 신화의 피그말리온처럼 창조주이자 조각가로서 자신이 사랑에 빠질 수밖에 없는 조각을, 예술 같은 사랑을 새기고 만들어나가길 바란다. 진심으로 사랑한다면 돌로 된 조각에도 온기가 깃들지 모른다. 삶의 우선순위를 정할 때 안 하고 늙어버리면 너무 후회할 것만 같은 것들부터 하자. 지금 당장이라도 좋다. 피그말리온이 조각을 완성하지 않았다면 제아무리 아프로디테라도 조각상에 생명을 불어넣지는 못했을 거다. 후회만큼 꼬리가 긴 것도 없다.

어떤 사람에게는 이곳이 맞고, 어떤 사람에게는 저곳이 맞다.
내 경우에는 티미 윌리처럼 시골에서 사는 것이 더 맞지만.

_「도시 쥐 조니 이야기」 중에서

다 이해한다는
뻔한 거짓말

"다 이해해." 난 이 말이 참 싫다. 그래서 누군가 내게 이런 말을 한다면 빤히 쳐다볼 생각이다. 다 이해한다고 말하는 사람에게는 이렇게 묻고 싶다. "뭘요? 뭘 이해하는데요?"

그런데 왠지 '다 이해해' 따위의 말을 해야만 할 것 같은 상황에 처할 때가 있다. 그럴 때 난 이렇게 말한다. "잘 모르겠어. 하지만 네가 어떤지 조금은 알 것 같기도 해." 속마음은 이렇다. '네가 왜 이러는지 정말 모르겠어. 정말 하나도 모르겠어. 하지만 네 기분이 어떤지 조금 짐작은 돼. 그러니 네가 어떤지 말해줬으면 좋겠어.'

평소 선택에 주저함이 없는 편이다. 설령 부족한 선택을 했다는 걸 나중에 알게 될지라도 후회하지 않는다. 지나간 일은 지나간 것.

돌이킬 수 없는 것을 아무리 고민해도 아무것도 변하지 않는다는 것을 알기 때문이다. 그런 내가 "네가 어떤지 조금은 알 것 같기도 해"라고 에둘러 말하는 데는 이유가 있다. '~할 것 같아'를 한 번 더 꼬아 '~할 것 같기도 해'라니. 평소의 나라면 답답해서 두어 번은 쓰러졌을 화법이다. 그럼에도 그렇게 말하는 건 사람이 타인을 이해한다는 것은 불가능하다고 생각해서다.

아, 물론 막역한 사람에게는 조금 다르게 반응한다. 상대가 남자 후배라면 "야, 그냥 마시자. 진짜 뭐 이러냐!"라고 내가 더 짜증 내고 화를 낸다. 해줄 수 있는 게 대신 화내고 인절미처럼 찰지게 욕해주는 것뿐이니까. 만약 상대가 여자 후배라면 눈치 보면서 잔을 내미는 정도? 그러다 취하면 남자 후배와 동일한 양상이 되어 대신 막 욕하고 화내고 그런다. 여기에서 중요한 건 '욕'과 '화'는 사실 아무것도 아니라는 거다. 그런 건 '말을 했다'고 할 수 있는 성질의 것이 아니다. 욕과 화는 방청객 아르바이트의 "아", "오", "어머!", "깔깔깔" 같은 추임새다. 판소리에서 창을 하는 소리꾼이 신명을 타는 사이사이 북을 잡은 고수가 "얼쑤", "어절씨구", "좋구나!"라고 끼어드는 거다. 말을 아끼는 게 아니라 정말 해줄 말이 없다. 당연하지 않은가. 고수가 북을 팽개치고 벌떡 일어나 소리꾼 대신 판

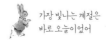

소리를 할 순 없으니. 내가 뭐라고. 내 몸뚱이 건사하기도 벅차 죽겠는데 말이야. 나는 북을 잡았으니 간간이 추임새를 넣을 뿐이다. 힘들어하고 고민하고 아파하는 건 소리를 늘어놓는 이의 몫이다. 나는 모른다. 알 수가 없다. 그저 북을 잡고 추임새를 넣을 뿐이다.

이해한다고? 대체 뭘. 나도 내가 왜 이러는지 모르겠는데 당신이 어떻게 나를? 뭘 이해해? 나 대신 살아주고 나 대신 무대에서 판소리를 해주려고? 아니, 해줄 수나 있는 거야? 내 스토리 알아? 뭘 알아야 판을 벌이고 완창을 할 거 아닌가!

그런데 참 신기하다. "네가 왜 이러는지 잘 모르겠어" 할 때의 '모르겠어'에는 마법이라도 있나 보다. "아주 조금 알 것 같기도 해"라고 말하면, 이해도가 현저히 떨어지는 바보 같아 보여서 그러는지 상대가 학습지 선생님처럼 자신을 상세히 설명해준다. 이래서 이렇고 저래서 저러니 화나고 힘들고 쓸쓸하다, 뭐 이런 식으로. 하늘에서 카운슬러의 능력을 하사받은 것처럼, 내 앞에서 자신의 이야기를 술술 털어놓게 한 일이 여러 번 있었다. 고해성사하듯 내가 읊조리는 때도 있다. '다 이해한다고 말하기만 해봐, 아주 그냥 콱!' 이러고 있는 내게 "왜 그러는 건데?"라고 진심으로 궁금해하며 다가온 이에게 실타래 풀듯 내 이야기를 토해낸 적도 몇 번 있다.

우리는 모든 것을 알 순 없다. 노력한다고 알게 되지 않는다. 그저 짐작할 뿐이다. 우리는 모든 걸 알아서 사랑하는 게 아니라 알고 싶기 때문에 사랑하는 거다. 다 이해한다는 건 어쩌면 무책임한 말이다. 다 알겠으니 그만 좀 닥치라는 것 같아서 나는 싫다. 자신의 마음도 알 수 없고 통제할 수 없는데 어떻게 타인을 온전히 알고 이해하랴. 사랑하는 사람이 흐느끼고 힘들어할 때 "다 이해해"라고 말하기보단 차라리 꼭 끌어안으며 그 심장의 고동에 자신의 호흡을 맞추는 게 백번 낫다. 다 이해한다는 건 앞에서 끌고 가겠다는 건지도 모른다.

물에 빠진 사람에게 절실한 건 물 밖에서 "수온이 낮으니까 얼른 나오도록 해!"라며 소리 지르는 사람보다 물에 몸을 던져 자신에게 다가오는 사람이다. 절박하게 다가오는 사람은 이해하네 마네 말할 여유조차 없다. 아픔을 같이 느끼고 싶어 하는 절박한 사람은 말로 다가오지 않는다. 물속과 물 밖은 완전히 다른 환경이다. 물에 빠진 사람은 삶의 기로에 서 있고, 구하기 위해 뛰어든 사람은 그보다는 안전하지만 역시 온몸이 젖었고 어쩌면 동일한 선에 서게 될지도 모른다. 그렇기에 완전히 알 수 없지만 조금은 알 것도 같은 것이다. 타인이 선 곳. 정확히 그 지점에 설 수는 없다. 그 자리에 그대

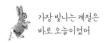

로 서도 당시의 바람과 하늘과 공기와 온도가 다르다. 완전히 같은
상황은 있을 수도 없고 거의 똑같은 상황에 처해도 온전히 알 수는
없다. 그저 짐작할 뿐이다. 짐작하기 위해 애쓰는 모습에서 우리는
위로를 받는다. 힘든 사람은 알고 있다. 어차피 지금 상황은 나만이
해결할 수 있다는 걸. 주변의 그 누구도 해결해줄 수 없다는 걸. 그
러니 싸구려 위로 따윈 넣어두고, 그가 외롭지 않도록 손 닿는 곳
어딘가에 있어주기만을 바란다.

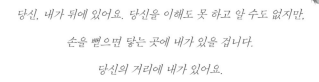

당신, 내가 뒤에 있어요. 당신을 이해도 못 하고 알 수도 없지만,

손을 뻗으면 닿는 곳에 내가 있을 겁니다.

당신의 거리에 내가 있어요.

덧⁺

희한하게도 '모른다'라는 고백에서 앎이 시작된다. 스스로 다 알고 있고 다 이해하고 있다는 사람은 평생 그 자리에서 벗어나지 못한다. 배울 필요도, 알려고 노력할 필요도 없기 때문이다. 과거의 작은 성공에 도취한 사람들이 특히 그렇다. 과거의 어느 순간에 젊음과 열정과 겸손이 박제된 사람들은 자신이 모든 것을 알고 있다고 생각한다. 그래서 그 사람들에게는 아무도 자신의 이야기를 하려 하지 않는다. 다 알고 있다고 자부하는 사람들은 주변과 소통이 단절되는데, 그 단절의 이유조차 타인에게서 찾는다. 그런 사람일수록 후에 쓸쓸한 표정을 지으며 말한다. 천재는 원래 고독한 법이라고.

헛소리 작작 하자. 주변에 아무도 없는 건, 열어놓아야 할 귀를 닫고 닫아야 할 입만 열어놓아서 그렇다. 좋은 사람들이 떠난다고? 그건 떠나는 이들이 이기적이어서가 아니라 당신이 그들을 못 견디게끔 만들기 때문이다. 정작 뜨끔해야 할 사람들은 이 부분 읽어도 자기는 아니라고 하겠지. 착한 어른들만 '혹시 나도 그런가?' 하면서 스스로 돌아볼 거다. 내기해도 된다.

말 잘 듣는 아기 토끼 플롭시와 몹시와 코튼테일은 블랙베리를
따 먹으러 길을 따라 내려갔다. 하지만 장난꾸러기 피터는 쏜살
같이 맥그레거 씨네 텃밭으로 달려가 대문 밑 틈새를 비집고 들
어갔다.

_「피터 래빗 이야기」 중에서

비극 너머
노래는 계속된다

「피터 래빗 이야기」의 일부 국내 번역본에서는 피터 래빗 아빠의 죽음을 두루뭉술하게 표현했다. 피터의 아빠가 맥그레거 씨 텃밭에 들어갔다가 잡혀서 죽었다는 걸, 그러니까 토끼고기 파이가 됐다는 걸 굳이 그렇게 자세히 말해줄 필요는 없다고 생각했나 보다. '토끼 파이가 됐다'라는 부분을 아주 빼버리는 식이다. 영어 원문의 표현을 달리하거나 수위를 조절한 게 아니라 번역을 의도적으로 빠뜨린 셈이다. 어떤 번역본에서는 파이가 됐다는 건 얘기하지만 '사고를 당해서 그만 파이가 되었다'라는 식으로 부연한다. '사고를 당했다'라는 건 아무래도 인간의 표현이다. 토끼를 포함한 자연에는 삶과 죽음뿐 '사고'라는 상황이 없다. 자연에는 원인과 결과가 있을 뿐이다. 여우가 배고프다는 원인, 토끼가 잡혀갔다는 결과. 자연스럽지 않은 원인 때문에 불행한 결과를 맞닥뜨리는 게 사고다. 사고는 인간의 영역이다. 불행한 결과를 낳은 '자연스럽지 않은' 원인부터가 토끼와 여우가 뛰어노는 자연과 맞지 않는다.

그럼에도 의도적으로 번역을 빠뜨리거나 부연 설명을 붙인 건 아마 그림책을 읽는 아이에게 '죽음', 그것도 '아빠의 죽음'을 표현하는 게 미안했나 보다. 그런데 읽는 아이에게 미안해도 번역을 빠뜨리거나 다른 뜻을 넣는 건 권장할 만한 게 아니다. 아이에게는 아이의 판단이 있다. 백번 양보해서 아이의 정서를 생각해서 바꿨다면 그나마 수긍이 되는데, 아빠의 부재를 달리 표현한 『피터 래빗 이야기』 번역본들은 아동 코너의 그림책이나 동화가 아닌 성인 독자들의 손길이 닿는 문학, 고전문학 코너에 있었다. 아니, 어른이 읽는 문학 코너에 배치할 거면 아빠의 죽음에 대해서도 원문 그대로 옮겼어야 하는 것 아닌가? 주민등록증 발급받고 운전면허도 딸 수 있는 성인들이 피터 아빠의 죽음에 충격받거나 상심할 리는 없잖은가.

순전히 유아 독자 대상인 그림책의 경우는 원전과 다르게 수위 조절을 한다. 우리가 익히 아는 콩쥐팥쥐며 백설공주 등도 원전은 무시무시한 편이다. 하드코어한 내용이 전달받는 대상과 시간의 흐름에 따라 변하고 조절된 것이다. 적확한 비유는 아니지만 현실에서도 그런 상황이 있다. 어떤 아빠는 엄마가 돌아가셨다는 걸 아이에게 차마 솔직히 말할 수 없어서 선의의 거짓말을 하기도 한다. 아이가 너무 어릴 적 엄마가 세상을 떠났기 때문에 "엄마는 공부하러 외국에 나갔다"라고 말하며 엄마의 생전 모습을 사진으로 보여주고 엄마에 대해 얘기하는 것이다. 아이가 엄마를 기억하지 못하기에 엄마의 기억은 남겨진 사진과 아빠의 구술로 형성된다. 하지만 언젠가 엄마가 떠났음을 말해줘야만 하는 시기가 온다. 그때가 언제냐가 문제일 뿐, 공부하러 외국에 간 엄마를 영원히 기다릴 수는 없다. 아이가 현실을 감당하고 슬픔을 슬픔으로 인지해야만 하는 때가 온다.

어쩌면 귀여운 토끼 피터 래빗의 엄마는 이별의 단계를 다 거치고 남편의 부재를, 남편의 죽음을 아이들 앞에서 담담히 말할 정도가 되었는지도 모른다. 이별을 부정하고 분노하다가, 현실과 타협하고, 우울한 시기를 보내다 끝내 수용하게 되었을지도 모른다. 엄마 토끼 스스로 남편 토끼의 부재를 수용하지 못했다면 아이들에게 말할 수가 없다. 피터 래빗 이야기의 시작부터 아빠의 부재와 죽음을 이야기하는 건 슬픔을 견디고 수용한 엄마가 아이들 앞에서 당당히 서는 것이고, 남겨진 네 마리의 아기 토끼 역시 엄마의 태도를 보고 배우며 아빠의 부재를 견디고 버티리라는 것을 암시하는 것인지도 모른다. 남편을 먼저 보내고 홀어머니가 자녀 여럿을 키워낸 이야기는 현실에서 얼마든지 마주하는 상황이다. 또한 아직 어린 아이들과도 가족의 중요한 문제를 적절한 때와 상황에 충분히 나누고 대화해야 한다는 것을 엄마 토끼와 아기 토끼들의 대화를 통해 보여주고 있는지도 모른다.

정말 좋은 이야기, 고전으로 불릴 만한 것들은 때와 상황에 따라 다 다르게 읽힌다. 100명이 읽었다면 100개의 사연과 프레임으로 읽히기에 100명이 다 다른 소감을 이야기하기도 한다. 엄마가 경고했음에도 아빠가 돌아가신 맥그레거 씨의 텃밭에 가는 피터 래빗의 모습은 내게 무겁게 다가왔다. 어떤 사람의 눈엔 피터 래빗이 '엄마 말을 안 듣는 장난꾸러기'로 보일 것이다. 또 다른 눈엔 '들판에서 먹을 것을 얻는 다른 형제들과 달리 텃밭에서 손쉽게 먹이를 얻으려 하는 약삭빠른 피터 래빗'으로 비칠 수도 있다. 아니면 '피터 래빗의 천방지축 캐릭터를 입체적으로 보여주기 위한 작가의 설정'이라고 생각할 수도 있고, '야, 이거 어떡하지? 이러다가 맥그레거 씨에게 잡히는 거 아냐?'라 생각하며 걱정하는 사람도 있을 것이다.

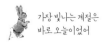
가장 빛나는 계절은
바로 오늘이었어

어떻게 보든 다 맞다. 글을 쓰는 건 작가지만 저마다의 감상으로 마침표를 찍는 건 독자니까.

나는 지금의 상황과 현실을 반영해 읽었다. 네 자녀를 둔 아빠 토끼가 맥그레거 씨 텃밭에 아무 생각 없이 갔을 리는 없다. 피터 래빗의 아빠가 총각이었다면 그저 모험심에, 아니면 쉽게 먹이를 얻기 위해 위험한 인간의 텃밭에 갔을지도 모른다. 하지만 아이 넷 딸린 아빠 아닌가. 그날따라 먹이를 구하기 어려웠을 수도 있고, 가장의 무게가 컸을 수도 있다. 토끼든 사람이든 아이들을 먹이는 건 이성이나 논리가 아닌 본능의 영역이다. 어릴 적엔 아빠가 약주를 드시고 기름이 배어 나온 누런 종이봉투에 담긴 통닭을 들고 오실 때 마냥 좋았던 아이가, 커서 아빠가 되고 난 후엔 깨닫는다. 술에 취해 비틀거리며 치킨을 사서 들어가다가, 옛날 아버지가 술을 드시고 통닭을 사 오셨던 날은 정말 힘들고 괴로운 하루였다는 걸. 어찌 보면 삶의 클리셰다. 처연할 정도로 익숙하여 상투적이기까지 한 모습이다. 대한민국의 모든 아빠가 일에 지쳐 술에 취해 통닭을 사 오고, 늦게 들어와 술 냄새 풍기며 문을 벌컥 열어젖히곤 자는 애들 굳이 깨워가며 뽀뽀해대고, 부인은 지금이 몇 신데 애들 깨우느냐고 짜증을 내고⋯⋯. 그러다가 아빠는 결국 퇴직금을 탈탈 털어 치킨집을 차린다. 어려서는 그렇게 좋아했던 치킨이건만, 두어 시간 튀김 기계 앞에 서서 닭을 뒤적이다 보면 기름 냄새조차도 싫다. 지치고 힘들어도 눈이 떠지고 몸이 일터로 나아가는 것, 가장이 지닌 본능적 무게다.

피터 래빗은 장난꾸러기일 수도 있고, 손쉽게 먹이를 얻고자 했던 약삭빠른 토끼일 수도 있고, 모험가일 수도 있다. 아니, 셋 모두일 수도 있다. 하지만 난 아빠를 잃었던 그 장소에 다시 가게 되는 피터 래빗을 보며 삶의 반복이자 대물림이라고 봤다. 개천에서 용 난다는 말이 죽어버린 말, 사어(死語)가 된 지 오래다. 가난한 집에 태어나 악착같이 공부하여 성공한 후 집안을 일으켰다는 말도 동굴 벽에 새겨야만 할 오래된 신화가 되었다. 이제는 부자의 아들이 부자가 되고, 노동자의 아들은 노동자가 되는 시대다. 아니, 아비는 정규직 노동자였는데 아들은 비정규직이거나 일자리 자체를 못 구하는 경우도 허다하다.

피터 래빗이 아버지와 똑같은 동선을 택해 위험을 무릅쓰는 모습을 읽는데 마치 어릴 적 아빠처럼 힘든 날 술에 취해 통닭을 사오는 아빠가 되어버린, 어디서나 볼 수 있는 소시민을 보는 듯했다. 자식에게 삼시 세끼 따뜻한 밥을 먹이기 위해 나서는 일터는 익숙

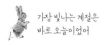
가장 빛나는 계절은
바로 오늘이었어

하면서도 위험한 곳일지도 모른다. 그저 오늘도 무사히, 오늘 하루 무사히 텃밭에 갔다 별일 없이 돌아오기를 바라는 것처럼 말이다. 오늘도 맥그레거 씨를 만나지 않기만을, 오늘도 갑질하는 갑님을 만나지 않고 을과 병과 정으로 무사히 퇴근하기를 바라는 것처럼 말이다. 많은 걸 바라지 않는다. 을과 병과 정은 그저 무사히 탈 없이 귀가하여 취하지 않은 상태에서 아이들 볼에 뽀뽀하고 싶을 뿐이다. 그러다 행여라도 아빠 토끼가 아프거나 일이 생기면, 우리는 가족이니까 모두가 아빠에게 생긴 일을 똑바로 알고 어떻게든 힘을 내보자고 다시 하루를 시작하는 것이다. 그래야만 한다. 이런 마음과 바람들이 모여 내일의 태양을 떠오르게 하는 거니까.

덧⁺

아버지, 사랑해요.

"낚싯대와 바구니는 잃어버렸어. 하지만 상관없어. 다시는 낚시
하지 않을 거니까!"
제러미 아저씨는 손가락에 반창고를 붙였다. 그리고 아저씨의
두 친구가 저녁 식사를 하러 왔다. 그는 친구들에게 물고기를 대
접하지는 못했지만 식품 저장고에 있는 다른 음식을 내놓았다.
                                    _「제러미 피셔 이야기」 중에서

우리는 왜
자꾸 넘어지는 걸까

나는 당연한 것을 권력화하는 걸 싫어한다. 막 군인이 된 이등병은 모든 게 서툴 수밖에 없다. 하지만 그들은 서툴고 느리다는 이유로 상급자에게 시달린다. 얼마 전까지 민간인 신분이었으니 K2 소총을 쏴봤거나 수류탄을 던져봤을 리가 없지 않은가. 누가 민간인 시절에 오와 열을 맞춰서 구령 붙여가며 점심 먹으러 가는가? 민간인 어느 누가 목숨 걸고 축구하는가? 공이 있어야만 하는 스포츠는 축구 말고 탁구, 농구, 배구, 피구, 당구, 기타 등등 정말 많은데, 왜 축구만 하느냐고(정확히 말하면 축구 또는 족구만 한다).

사회 초년생으로 첫발을 내딛는 신입사원은 이 망할 놈의 복사기가 왜 자꾸 종이를 씹어 드시는지 알 리가 없다. 그러다가 지나가던 이를 붙잡고 "저기 죄송한데요……. 복사기가 자꾸 걸려서요"라고 최대한 죄송한 표정으로 공손하게 말하면, 상대는 너무나 아무렇지 않게 고친다. 그래놓고 전사 회식할 때 "야, 이 대리. 너희 팀신입 애가 저번에 나더러 복사기 고쳐달라더라? 내가 아무리 다른 팀이어도 그렇지, 그런 게 차장인 나한테까지 오면 되겠냐?"라고 웃으면서 말한다. 웃으면서 말하는데 이 대리는 이를 꽉 깨물고 듣는다. 이 대리는 갑자기 신입에게 다가가 툭툭 치며 "야, 담배나 피우러 가자" 이런다. 제발, 그런 거면 담배만 피우라고. "생각이 있는 거냐 없는 거냐"부터 시작하는데, 정말 생각이 없다면 아까 그 차장 놈을 한 대 깠겠지 여기서 당신 잔소리를 듣고 있겠느냔 말이다.

주민센터에 뭔가 신고할 게 있어서 갔다. 신고를 위해 신청서를 작성하는데 뭔 놈의 쓸 게 이렇게 많은지. 고민하며 써서 가져갔는데 대뜸 이런다. "틀렸어요. 다시 써 오세요." 받아쓰기 틀린 거 고치는 심정으로 다시 써서 가져갔는데 공무원님께서 한숨을 푹 쉬더니 "아니, 저기요. 이렇게 쓰시면 안 된다고요. 하아……" 이런다. 내가 무슨 온라인 게임 팀플레이하다가 '팀킬'한 것도 아니고 '힐'을 안 준 것도 아닌데, 마치 길드 전체를 궁지로 몰아넣기라도 한 것처럼 한숨을 쉰다. 속으로는 '그 태도 뭐냐? 너야 이거 접수하는

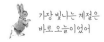

게 일이니까 쉽지. 내가 작성하는 월간 회의 보고 자료 한번 갖다 줘봐? 너 스무 번은 틀릴걸? 이까짓 거 가지고 웬 잘난 척이야? 나랑 한번 붙어보자는 거야?'라고 생각한다. 하지만 겉으로는 '오늘도 힘든 민원인에게 시달리셨군요. 짜증 나시더라도 저 이거 오늘 꼭 해야 하니까 잘 좀 부탁드려요'라는 표정을 짓는다. 물론 대부분의 공무원은 친절하다. 아주 간혹 이런 분이 있을 뿐(실제 경험 사례다. 다행히 이후로 이런 일은 없었다).

실수를 사전에서 찾아보니 일단 명사다. 아, 당연한 건가. 어쨌든 뜻은 이렇다. '조심하지 아니하여 잘못함. 또는 그런 행위.' 내가 주민센터에서 신청서 작성을 잘못한 건 엄밀히 따지면 실수가 아니다. 난 분명 조심했다. 틀릴까 봐 긴장해서 한 자 한 자 또박또박 썼다. 우리는 실수라는 말을 너무 쉽게 한다.

처음 간 길은 낯설고 서툴다. 다른 길로 안 빠지고 목적지로 바로 가면 좋겠지만 결코 마음처럼 될 수 없다. 여러 번 갔던 길인데도 다른 길로 빠지는 게 실수다. 생전 처음 보는 길에서 길을 잘못 드는 건 실수가 아니라 서툰 것일 뿐이다. 처음인 사람들은 서툰 선택을 자주 한다. 당연하다. 안 해봤으니까. 엄마도 첫째 아이와 둘째 아이 키우는 게 다르다. 셋째를 키울 때쯤이면 소아과 의사와 마주 앉아 아이의 질병과 증상에 대해 토론할 수 있는 경지에 오른다. 오른발 나갈 때 오른손 올리던 고문관 이등병이 병장이 되어 딱 저같이 얼빠진 이등병 앞에서 군기를 잡는다. 그러는데 행정보급관이 지나가면서 한마디 한다. "야, 넌 인마 쟤보다 더 못했어!" 이러면 병장은 그러겠지. "아, 행보관님. 그게 무슨 말씀입니까! 전 이등병 때도 잘했지 말입니다!" 그러면 구석에 누워 있던 말년 병장이 행보관과 눈을 마주치며 조용히 웃는다. 웃기는 소리 한다고.

가만 보면 우리 사회의 상사와 선배와 사장님들은 몽땅 위인들이시다. 태몽에서 용이 품에 안기고 죽을 땐 저 멀리 밤하늘에서 별 하나가 뚝 떨어지는. 처음부터 능숙했고 탁월했으며 하는 일마다 업계의 레전드가 되신 분들이니 말이다. 그분들은 실수와 서툰 것의 차이를 모른다. 자신은 초행길이라 서툴렀을 뿐 결코 실수는 없었다는 식으로 셀프 너그러움을 시전한다. 반면 타인에게는 무조건 실수와 잘못이라는 잣대를 들이댄다. 나폴레옹은 자기 사전에 불가능이란 없다고 했다는데 그분들 사전에 초행길이란 없다. "내가 해봐서 아는데", "나 때는 말이야", "나라면 이거 30분이면 다 끝낸다" 등. 장난하냐? 네가 해서 30분 만에 끝낼 수 있으면 네가 해. 난 이거 하는 데 다섯 시간 걸리거든? 어디서 30분 드립을 치고 있어.

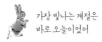
가장 빛나는 계절은
바로 오늘이었어

그러나 현실은 "좀 더 빨리 하겠습니다!"일 뿐.

당연히 처음은 힘들다. 먹고 싶다는 거 금세 뚝딱 해내는 엄마도 처음엔 라면도 못 끓였다. 깻잎 같은 간격으로 주차하는 아빠도, 면 허 시험 볼 때는 엄청 떨었었다. 길고 긴 우리 인생도 처음이라 힘 들다. 게다가 두 번째는 없어서 더 힘들다. 처음이라 헤매는 거, 조 금 앞서가고 먼저 간 사람들 입장에서 보면 아무것도 아니다. 몸과 마음이 다치는 경우만 아니라면 틀어진 방향은 언제든 바로잡을 수 있다. 회복이 가능하다. 인간이 만든 실수는 인간이 매듭지을 수 있 다. 신입사원의 서툰 일 처리는 대리가 마무리할 수 있고, 대리의 일 처리는 과장이, 과장의 일 처리는 차장이나 팀장이 매듭지을 수 있다. 그것도 아니라면 사장이 하면 된다. 왜냐고? 사장이 월급 가장 많이 받으니까! 월급 가장 많이 받는 사람이 사고를 수습하는 데서도 가장 큰 몫을 맡아야 하는 거 아냐? 월급은 가장 많이 받는데 왜 매 출과 성과에 대한 책임은 죄다 밑에 놈들이 지느냐 말이다. 그래놓고 서 자기는 옛날부터 잘했대. 무슨 말도 안 되는 소릴 하고 있어.

중요한 거니까 다시 한번 말한다. 서툰 것은 당연하다. 우리가 사 는 건 현실이지 소설이나 영화가 아니다. 30대 실장님이나 부회장 님이 평사원인 여직원과 사랑에 빠지는 게 소설에서나 가능하듯 헤매던 시절 없이는 실장도, 사장도 될 수 없다. 아니, 오히려 실수를 많이 한 사람이 더 높게 올라가고 더 멀리 본다. 열심히 하는 사람만이 실수를 한다. 아무 일도 하지 않거나 아주 쉬운 일만 하는 사람은 사고도 치지 않는다. 행여 당신의 사장이 자신은 소싯적에 실수 따위 안 했다고 말하거들랑 이렇게 생각해도 좋다. 낙하산이거나 소싯적에 일을 안 했다고.

사는 건 어려운 데다 처음이다. 서툰 것은 당연하고 오히려 특권이다. 지금 많이 넘어지고 있다면, 언젠가 더 높이 올라 더 멀리 보라고 어딘가의 신이 당신을 단련하는 거다. 내가 무슨 다이아몬드냐고, 남들처럼 적당히 하시지 유독 나만 이렇게 단련하는 거냐고 따지고 싶으리란 거 안다. 맞다, 방금 당신 입으로 말한 거. 당신은 다이아몬드 같은 사람이다. 그래서 힘들고 시간이 더 걸리는 거다. 당신의 어머니나 연인에게 가서 물어보자. "누가 다이아몬드 준다고 하면 나하고 바꿀 거야?"라고. 당신을 가장 사랑하고, 그렇기에 가장 잘 아는 이들은 세상에 그런 바보 같은 질문이 어딨느냐고 되물을 거다. 쓸데없는 생각, 실수하거나 넘어지면 어쩌나 하는 생각에 인생을 낭비할 필요 없다. 누구나 처음엔 서툴고 누구나 넘어진다. 넘어지거든 일어나면 된다. 그리고 걱정과 고민은 넘어지고 나

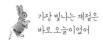

서 하는 거다. 멀쩡히 잘 서 있는데 넘어지면 어쩌나 걱정하는 거, 생각해보면 좀 웃기지 않은가? 내일은 어떻게든 온다. 내일의 고민은 내일이 하게 하자. 오늘은 오늘의 기쁨을 누리자.

덧[+]

"누가 다이아몬드를 준다고 하면 나하고 바꿀 거야?"라 물었을 때 설마 그럴 리 없겠지만 "몇 캐럿짜리?"라고 되묻는 사람이 있다면 관계를 진지하게 고려하기 바란다.

만약 남친이 질문을 듣고선 "네 몸무게만큼 다이아몬드를 준다면 생각해봐야지. 아, 그건 너무 무거워서 불가능한가? 음홧홧홧!" 이런다면? 남친이 당신을 사랑하긴 하는 건데, 그냥 넘어갈 순 없으니 어딘가 급소를 세게 때려주기 바란다. 급소를 제대로 맞는다 해도 쉽게 죽지는 않는다. 다만 죽을 만큼 고통스러울 뿐.

부모님께서 그 질문을 들으시고는 한숨을 푹 쉬면서 "차라리 그런 사람이라도 있어서 바꿔준다고 하면 좋겠다"라고 말씀하신다면……. 당신은 지금 이 책을 읽고 있을 때가 아니다. 개과천선해서 사람이 되는 게 먼저다.

꼬마 돼지 로빈슨은 매력적인 아기 돼지였다. 작고 푸른 눈과 통통한 볼에 이중 턱이었고, 연분홍빛이 도는 하얀 몸을 가지고 있었다. 또, 들창코에는 진짜 은으로 된 고리를 끼고 있었다. 로빈슨은 한쪽 눈을 감고 다른 눈은 실눈을 떠 곁눈질로 자신의 코에 낀 고리를 볼 수 있었다.

로빈슨은 늘 만족스럽고 마냥 행복했다. 종일 농장을 뛰어다니며 콧노래를 흥얼거리고 "꿀, 꿀, 꿀!"하고 중얼거렸다. 로빈슨이 떠난 후 이모들은 로빈슨이 흥얼거리던 노래를 그리워할 정도였다.

_「꼬마 돼지 로빈슨 이야기」중에서

오늘의
나를 기대해

난 친구가 많지 않다. 사람을 가리는 편이다. 낯을 가리고 부끄러워한다기보다는 생긴 것답잖게 예민한 편이라서다. 많은 사람과 두루 좋은 관계로 지내는데, 친구가 아니니까 헤어져도 아쉽거나 마음 아플 일이 없다고나 할까. 게다가 혼자 노는 걸 심하게 사랑하는 편이다. 나의 못난 모습은 못난 모습대로 적당히 포기하고 살기에 혼자 노는 게 편하고 좋다. 어쩌겠어. 이런 못난 꼴 나라도 사랑해주지 않으면 누가 거들떠나 보겠느냔 말이다. 반면 가끔 보이는 나의 잘난 모습은 실제보다 조금 더 부풀려서 희망적으로 생각하며 살고 있다. 물은 셀프, 자기애 역시 셀프.

밖에서 술을 마시고 돌아오던 중 택시 기사님의 이런 얘기 저런 얘기를 들어드리다가 집 말고 편의점에 세워달라 말씀드렸다. 이미 취했지만 편맥 한잔이 생각나서였다. 그랬더니 기사님께서 편의점 앞에 서 있을 테니 얼른 사서 나오란다. 집에 다 와서 담배나 한 대 태우고 올라가겠다고 했더니 택시비를 받으신 후 미터기를 끈 상태에서 같이 한 대 태우자며, 창을 열고 나란히 앉아 담배를 태우다 올라온 적도 있다. 본의 아니게 기사님과 맞담배를 피운 후 진짜로 집에 들어가려는데 악수를 청하더니 그러신다. 얘기 들어줘서 정말 고맙다고.

생각해보면 입은 많은데 귀가 없는 세상이다. 타인이 귀 기울일 수 있도록 말할 줄 몰라서 그렇다. 그게 아니라면 마음 편히 말할 수 있도록 들어줄 줄 몰라서 그렇거나. 그날의 경험은 나에게도 새로웠다. 처음 본 취객에 불과한 내게 눈을 반짝이며 자신의 얘기를 들려주신 것은 기사님이니까. 정치나 종교 얘기가 아니라 살아온 이야기인데 꾸며지지 않아서 좋았다. 많은 사람이 허공에 노를 젓고 있다. 자신의 이야기를 들어줄 이를 찾다가 그런 섬 같은 이에게 정박하기 위해서인 것 같다. 그런 관계가 친구가 되고, 연인이 되고, 좋은 선후배가 되는 듯하다.

내게 가감 없이 솔직히 말하는 후배가 있다. 여기에서 '가감 없

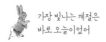

다'라는 건 "그건 선배가 잘못했네요"라는 얘기를 웃으면서 대놓고 한다는 뜻이다. 나는 쌍꺼풀도 없고 눈도 확 찢어졌다. 더구나 삼백 안이다. 검정 눈동자 아래 흰자위가 보이는 눈이다. 관상학적으로 안 좋은 눈이란다. 삼백안은 사나운 성질, 강한 집념, 목적을 이루기 위해 수단 방법을 가리지 않는다는 등 무협지에 나오는 악당에게나 딱 어울릴 법한 설명이 붙는다. 연예인이면 도발적이고 섹시한 눈 이지만 일반인이 삼백안이면 범죄자 몽타주다. 눈빛 때문에 취객이 시비를 걸어온 적도 있다. 게다가 지역 씨름단 출신 같은 이미지다. 이 말인즉슨, 가녀린 여자 후배가 내 눈을 똑바로 바라보며 "그건 선배가 잘못했네요"라고 하기가 쉽지 않다는 거다. 아니, 남녀 통틀 어 그렇다. 비록 내 마음속엔 소녀가 살아도 몽타주에서 풍기는 아 우라가 그렇단 거다. 그런데 이 후배님은 생글생글 웃으면서 그런 다. "그건 선배가 잘못했네요"라고.

그래서 그 후배가 좋다. 나는 대체로 무지해서 내가 무얼 잘했고 잘못했는지조차 모른다. 그런데 그 후배는 잘한 건 잘했다고, 못한 건 못했다고 말한다. 삼백안은 독립적이고 틀에 얽매이기 싫어한다 고 한다. 좋게 말한 거고, 쉽게 말하면 고집 세고 남의 말을 도통 들 으려 하지 않고 반항하며 평생을 중2로 산다는 소리다. 그런데 그

후배 말은 듣는다. 늘상 잘했다고 칭찬만 하면 거짓말이다. 뭘 해도 못했다고 하는 사람은 나쁜 사람이다. 잘한 건 잘했다고, 못한 건 못했다고 확실히 말하는 게 진짜다. 웃으며 말한다뿐이지 언중유골이라, 후배의 말엔 넓적다리뼈쯤 되는 굵고 강한 뼈가 팍 박혀 있다. 말랑한 껍질 같은 말들은 내 가슴에 닿을 때쯤 다 날아가고, 굵은 뼈다귀만 확 박힌다. 신기하게도 기분이 나쁘지 않다. 왜냐하면 잘한 걸 잘했다고 격려해줄 때도 그 뼈만큼 굵은 진심으로 날려주기 때문이다. 평생 잘할 수도, 평생 못할 수도 없는데 잘한다 잘한다, 못한다 못한다만 하는 건 잘못된 거 아닌가? 칭찬에 인색한 사람들은 자신이 칭찬을 못 받아봐서 그렇다. 남을 흉보고 깎아내리기만 하는 사람은 자신이 너무 보잘것없어서 남들을 끌어내리지 않으면 본인의 못난 민낯이 드러날까 봐 그러는 거다. 둘 다 정상은 아니다. 제대로 된 사람은 정확히 말할 줄 안다. "그건 아니야"라는 말 뒤에는 '잘할 거라 믿는다'가 생략돼 있다. 그걸 알기에 삼백안을 내리깐다.

'기대'는 원하는 대로 이루어지길 바라는 것이다. 바라는 건 쉽지만 원하는 대로 이루어지기는 쉽지 않다. 아이 하나를 키우기 위해서 한 마을의 힘이 필요하다는데 비단 아이만 그런 게 아니다. 키가

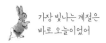

자라고 마음이 자라고 힘이 생겨서 규모가 작아졌다뿐이지 어른이 어른이기 위해서도 필요한 게 있다. 하나의 진실한 마음이다. 내 마음 말고 단 하나라도 좋으니 진실한 타인의 마음. 가족은 가족이라 한계가 있을 수 있다. 부모나 가족은 어른이 아니라 밥 달라고 떼쓰며 울던 아이의 모습을 영원히 간직하기 때문이다. 오히려 피가 섞이지 않은 타인이 더 올바른 나침반이 되어주기도 한다. 엄마 아빠에게는 여전히 물가에 내놓은 자식 같겠지만 진실한 타인에게는 잘하기도, 못하기도 하는 어른으로 보이기 때문이다.

그런 사람은 꼬마 돼지 로빈슨을 가리켜 단순히 '돼지'라고 말하지 않는다. '연분홍빛이 도는 하얀 몸에 작고 푸른 눈과 통통한 볼에 이중 턱을 지닌 매력적인 친구'라 말한다. 매력은 그것을 알아봐주는 친구가 있기 때문에 매력으로 존재한다. 알아봐주는 타인이 있기 때문에 매력적인 로빈슨은 늘 만족했고 마냥 행복할 수 있었다. 종일 농장을 뛰어다니며 노래를 흥얼거리고 "꿀, 꿀, 꿀!" 하고 중얼거릴 수 있었다.

백아(伯牙)가 거문고 줄을 끊은 이유가 들어주고 알아줄 종자기(鍾子期)가 떠났기 때문이듯, 종자기가 있기 때문에 백아의 음악이 존재하는 것이다. 단 하나의 진실한 마음만으로도 우리는 누구나 노래할 수 있다. 그것도 나만 부를 수 있는 노래를.

덧⁺

아버지는 알코올 중독자. 결핵에 걸린 어머니는 아이가 여덟 살일 때 사망. 남동생과 함께 병원에 버려짐. 남동생 역시 결핵으로 사망. 심해지는 병과 의료 사고로 시력 상실. 몇 차례의 수술로 시력 회복.

헬렌 켈러의 스승 앤 설리번의 삶이다. 아마도 설리번은 빛을 기대했고 결국 빛을 보았기에 헬렌 켈러를 포기하지 않았나 보다. 내가 기대하는 것은 무엇인지, 내가 볼 수 있는 건 무엇인지 생각해본다.

아무렴 어때?
춤을 추는 인생을 살면 그만인걸!

PART 2

내 인생,
처음치곤 썩 잘해왔어

피글링 블랜드는 무서워서 울음을 터뜨렸다. "꿀꿀꿀! 집으로
돌아가는 길을 못 찾겠어!"

　　　　　　　　　　　　　　　　　_「피글링 블랜드 이야기」 중에서

아무도 몰래
혼자 울기

내 첫 차는 회사에서 제공받은 영업용 중고 승용차였다. 낮은 배기량, 깡통보다 조금 나은 옵션, 무엇보다 미션이 오토가 아니었다. 흔히 '스틱'이라 말하는 수동 미션이었다. 거 왜, 부모님 세대만 아시는 수동 미션 있지 않나. 1종 보통 면허 딸 때 트럭으로 시험 보는 거 말이다. 스틱 차량은 브레이크와 액셀 페달 외에 '클러치'라는 페달이 하나 더 있어서 왼발, 오른발 정신없는 차다. 언덕 중간쯤에서 빨간 신호에 걸리기라도 하면, 멈췄다가 다시 출발하려는 순간 까딱 잘못하는 사이 뒤로 주르륵 밀리는 그런 거. 이런 차가 있다는 것 자체를 모르는 사람도 많으리라 본다. 당시에도 보기 힘든 차량이었는데 요즘은 극히 일부 차량을 제외하곤 수동 미션 자체가 출시되지 않는다.

한번은 거래처에 갔는데, 얘기를 마치고 나올 때 담당자분이 굳이 주차장까지 배웅을 나왔다. 이쯤 되면 내가 주머니에서 키를 꺼내 누르면 저 멀리 어딘가에서 나의 귀여운 자동차가 '삑삑!' 하면서 양쪽 램프를 깜빡여줘야 하는데……. 나는 차 바로 앞까지 가서 열쇠를 꽂고 돌려서 문을 열었다. 남자치고 자동차를 안 좋아하는 사람 없고, 대개는 소유 가능 여부를 떠나 이런저런 차종까지 꿰고 있다. 하지만 내 첫 차는 워낙 '레어템'이고 외관 자체가 연로한 인상이었다. 아니나 다를까 그분은 나와 내 차를 번갈아 보더니 당황하여 이런 말을 남겼다.

"아니, 저기, 과장님. 차가 왜……(전 과장님을 좋게 봤는데 어찌하여 이런 똥차를 몰고 오셨단 말인가요)."

나는 일에서만큼은 나름 잘한다고 인정받던 사람이었고, 나이에 비해 승진도 빠른 편이었다. 거래처 담당자 역시 나를 나름 좋게 보고 있었다. 그러니까 일부러 주차장까지 배웅 나왔겠지. 그분이 나를 비웃거나 안타까이 여긴 건 아니고, 다만 좀 당황하기는 했다. 내가 그때 어떻게 반응했는지는 잘 기억나지 않는다. 보나 마나 뻘쭘해하면서 그냥 웃고 말았을 것이다. 멋진 척하며 그럴듯한 말 한

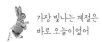

가장 빛나는 계절은
바로 오늘이었어

마디 해줬으면 좋았으련만. 예컨대 "인사하세요! 제 차 '화이트 펠리스'예요. 클래식한 멋이 있는 오래된 아이죠! 음홧홧홧!" 정도로 말이다. 당시 근무하던 회사의 대표가 차에 관심이 전혀 없던 사람이고, 명색이 대표인데도 낡은 중형 승용차를 갖고 있었다. 그저 '갖고만' 있었다. 그가 차를 운전하는 걸 1년에 두어 번 볼까 말까 했고, 직원들 차를 얻어타는 걸 더 좋아했던 것으로 기억한다. 대표 차가 그러니 영업용 차량이 골동품인 건 어찌 보면 운명이었다.

누가 봐도 똥차이긴 했지만 내겐 첫 차였다. 원래 첫정이 무섭다. 그 차와는 참 많은 일이 있었다. 여기저기 쏘다녔고, 안 다녀본 곳이 없을 정도로 곳곳을 누볐다. 그 차의 주행거리가 23만 킬로미터가 되었을 때 퇴사했다. 첫 직장이었고 첫 차였다. 후에 여전히 그곳에 근무하시던 부장님께 한때 내 차였던 그 아이는 어찌 되었느냐 물었다. 주행거리도 많고, 무엇보다 스틱 차량을 운전할 수 있는 사람이 없어서 폐차했다고 하셨다. 작별인사도 하지 못했는데 첫사랑을 다시는 볼 수 없게 됐다는 말처럼 들렸다. 얼굴이라도 한번 볼걸. 마치 소녀가 이사를 간다는데 가서 얼굴을 한번 봐야 하나 말아야 하나 이불 뒤집어쓰고 고민하는데, 윤 초시 댁에 다녀온 아버지께서 어머니더러 "세상에, 자기 대시보드에 놓여 있던 명함 그대로 묻이달라고 했다네"라 말하는 걸 듣는 듯한 기분이랄까. 소녀가 등에 업혔을 때 들었던 풀물이 떠오르며 첫사랑의 상실을 경험하는 것 말이다.

가끔 불쑥불쑥 내 안에서 개구쟁이 아이가 튀어나오곤 한다. 스스로 '관 뚜껑이 덮이는 순간까지도 철이 안 들 녀석'이라고 말하기도 한다. 그런 내게 '차'라는 공간은 매우 특별하다. 가장 작은 나만의 성(城)이랄까. 차에 들어가 홀로 운전대를 잡으면 천리마를 타고 영지를 누비는 것 같고, 차에 틀어박혀 문을 꼭 닫고 있으면 어떤 공격도 튕겨버릴 완벽한 요새처럼 느껴진다. 자신은 인간으로서 약하고 느려도 차에만 타면 강철 심장을 지닌 채 넘치는 마력과 폭발하는 토크로 서울에서 부산까지 쉬지 않고 달릴 수 있을 것처럼 느껴진다. 비 오는 날 차 지붕을 두두둑 때려대는 빗소리를 들으며 와이퍼가 전면 유리창을 말끔히 닦아내는 걸 보면, 마침 이때 좋아하는 음악마저 함께한다면 전혀 다른 세계에서 나만의 평화를 누리는 것 같기도 하다. 길고 긴 야근을 마치고 라디오 심야 방송을 들으며 퇴근할 때의 기분은 또 어떻고.

차에 여러 기능이 있기도 하지만, 내게는 틀어박힐 수 있는 나만의 공간이어서 좋았다. 특히, 혼자 울고 싶을 때 차만큼 좋은 곳도

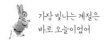

없다. 보는 사람도 없고, 보인다 해도 아무도 신경 쓰지 않는다. 빠르게 스쳐 지나가니까. 타인과 타인으로 빛처럼 스쳐 지나가기 때문에 흐르는 게 눈물인지 뭔지 알게 뭐람.

밖에선 항상 강한 인상으로 살아왔다. 심심치 않게 듣던 얘기 중 하나가 "밤늦게 걷더라도 그분(내 얘기다)과 함께라면 안심이야. 웬만하면 그 얼굴 보고 도망갈 거야" 따위였다. 대부분의 시간을 팽팽하게 당겨진 활시위처럼 살았다. 바보 같은 짓이라는 걸 한참이 지난 후에야 깨달았지만, 뒤떨어지지 않기 위해 언제든 쏘아 올릴 수 있도록 화살을 시위에 걸고 살아야만 한다고 생각한 적이 있었다. 어떤 문제든 내게 맡기면 안심이고, 불편하고 어려운 것도 나에게 오면 다 풀릴 거라는 말도 안 되는 환상을 사람들에게 심어주고자 했다. 나는 기계가 아니었고, 강철로 된 심장을 지닌 슈퍼카는 더더욱 아니었다. 겉으로는 매끈한 슈퍼카처럼 보이려 애썼지만, 실은 내 첫 차처럼 언덕에서 멈췄다가 출발할 때 뒤로 밀리기도 하는 수동 미션, 아날로그 같은 오래된 차였다. 제길, 뒤로 줄줄 미끄러지는데 하필 바로 뒤에 비싼 수입차가 바짝 붙어 서 있는 것처럼 똥줄 타는 기분이란. 그렇게 남들 모르게 등짝으로는 식은땀을 흘리며 살다가 예고 없이 활시위가 툭 하고 끊어지는 때가 가끔 있었다.

그런 날은 참 예고 없이 찾아왔다. 퇴근하며 어둑한 길을 달리는데 이유 없이 눈물이 막 터져 나온다. 어느 날은 차 안에서 고래고래 악을 쓰며 노래를 부르다가, 정말 미친놈처럼 굴다가 꺽꺽대며 울곤 했다. 보이고 싶지 않은 꼴이었다. 똥차라곤 해도 울고 싶을 때 얼마든지 울 수 있는 공간이 있다는 게 좋았다. 그게 또 첫 차라서 더 좋았는지도 모른다. 이후로 여러 대의 차를 몰았지만, 첫 차만큼 기억에 남는 차가 없다. 그렇게 오래 몰았던 차 역시 없다.

남들 모르게, 아무도 모르게 혼자서 울 수 있는 공간이 있다는 건 참 좋은 일이다. 어쩌면 자신조차 이유를 모르고 가슴이 답답하고 아픈데, 그 공간에 가면 막혔던 둑이 터지듯 눈물이 터져 나올지도 모를 일이다. 이유 없이 울다가 어느새 속이 후련해질지도 모른다. 웃는 것이 자연스러운 일이듯 우는 것 역시 그렇다. 당신의 웃는 모습이 예쁘다면 자신을 위해 우는 모습 역시 충분히 아름다울 거다. 눈물을 그치고 나면 훨씬 더 아름다울 테고. 몰래 하는 사랑은 괴롭지만 몰래 우는 눈물은 청량하다.

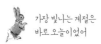

가장 빛나는 계절은
바로 오늘이었어

덧⁺

세수도 하고 화장도 고쳤는데 당신이 울었다는 걸 귀신같이 알아채는 사람이 있다. 그런 사람은 무슨 일이든 당신에게 트집을 잡으려는 사람이거나, 당신에게 무척 관심이 많은 사람이다. 또, 울고 났는데 고기를 사준다는 사람이 있다면 의심의 여지 없이 당신에게 관심이 많은 사람이다.

"엄마는 너희들을
평생 짝사랑한단다."

하지만 톰 키튼은 아직까지도 시궁쥐를 무서워한다. 절대 맞서
는 법이 없다. 생쥐보다 크다면 무엇이든.

_「새뮤얼 위스커스 이야기」 중에서

이보다
더 나쁠 수는 없다

부끄러운 얘기를 해야겠다. 열 살 때쯤 문방구에서 장난감을 훔치다가 붙잡힌 적이 있다. 주인이 자리를 비웠기에 마치 용돈으로 산 것처럼 장난감 하나를 당당히 들고 나왔는데, 가게 앞에 있던 주인과 딱 마주쳤다. 본능적으로 도망쳤다. 주인이 거기 서라고, 저놈 잡으라고 등 뒤에서 소리쳤다. 그 외침이 나의 등을 떠밀었다. 머리가 비상한 편은 아니었지만 그 상황에서 잡히면 안 된다는 걸 인지할 정도는 되었다. 머리가 좋았다면 애초에 도둑질 같은 건 안 했겠지.

　아름다워라. 세상에 아직 정의가 살아 숨 쉬던 때라서 붙잡혔다. 고등학생쯤 되어 보이는 야구부 형이 자전거를 타고 가다가 긴 팔을 쓱 내밀었고, 발이 그다지 빠르지 않던 난 개구멍을 반쯤 통과하다 걸린 더러운 강아지처럼 손아귀에 잡혀 들었다. 가게로 끌려갔다. 열 살 꼬마를 죽일 것도 아니고 경찰에 넘길 것도 아니어서 세워놓고 훈계하는데, 시골일수록 엔터테인먼트 요소가 희박하다. 한마디로 '한낮의 미성년 도둑이 잡혔다'라는 구경거리를 사람들이 놓칠 리 없다. 사람들이 날 둥글게 에워쌌다. 최대한 잘못했다는 표정을 짓고 고개를 숙이고 있는데, 내 귀를 송곳처럼 후벼 파는 말 한마디.

"쟤 ○○집 애 아냐? 어머, 맞네. 세상에!"

다행히 훈방으로 끝나 집에 무사히 돌아왔다. 가족에게는 도둑질을 하다가 걸렸노라고는 단 한 마디도 하지 않았다. 하지만 소문이란 게 그렇다. 분명히 내가 먼저 출발했는데도 집에 도착해 안방 문을 열면 소문이란 놈이 주인이라도 되는 양 먼저 와 기다리다가 흔들리는 내 눈을 보며 태연히 묻는다. "왜 이렇게 오래 걸렸어? 난 진작부터 와 있었는데."

어머니에게 불려 들어갔다. 그날도 소문이란 놈은 나보다 먼저 도착해 회초리 옆에 다소곳이 앉아 있었다. 아픔은 기억나지 않는다. 엄청나게 맞았다는 것 정도만 기억한다. 그러나 소문은 이 정도에서 순순히 물러갈 녀석이 아니다. 묻지 않아도 살갑게 알려주고

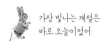

베풀며 선한 이웃들에게 스캔들을 증식한다. 자신이 알고 있는 걸 공유하고, 이왕이면 더 극적으로 각색한다.

물건을 훔치다 붙잡혀 혼나는 나를 지켜본 녀석이 있었다. 같은 초등학교의, 나보다 어린 녀석이었다. 소문은 그 녀석에게 귀신처럼 빙의했고, 녀석은 나를 힐끔거리며 제 옆의 동무 귓가에 대고 "저 형이 저번에 장난감 훔치다가 걸렸어"라고 속삭였다. 난 피하는 수밖에 없었다. 복도나 운동장에 나가면 소문에 빙의된 귀신 같은 녀석이 걸어 다녔기 때문에 난 늘 교실에 처박혀 있었다. 귀신이 힘을 잃기까지 생각보다 오랜 시간이 걸렸다. 소문이라는 귀신에게서 벗어난 건 내가 변해서가 아니었다. 아마도 그 녀석이 소문을 퍼트리는 데 흥미를 잃은 것이 이유였을 것이다. 아니면 더 크고 더 재미난 소문을 덥석 물었을지도 모르겠다.

소문은 늘 나보다 한발 빨랐지만, 빠른 것보다 무서운 건 독을 품고 있다는 것이다. 퍼트리는 자는 우월감을 느끼며 신나는데, 소문의 주인공은 무엇에 당하는지도 모를 독에 서서히 기를 빨리며 말라간다. 이보다 더 잔인할 수가 없다. 뼈 없이 근육으로만 이루어진 혀로도 사람을 충분히 베고 말려 죽일 수 있다.

부끄러운 얘기라고 해놓고는 길게도 썼다. 오늘의 주인공 '톰 키튼'은 고양이다. 톰이 아기 고양이였을 때 시궁쥐 부부에게 잡힌 적이 있다. 그때 톰은 아주 어렸다. 고양이에게 쥐는 갖고 놀거나 죽이거나 먹거나, 그것도 아니면 "오다가 주웠다"라며 집사에게 건네는 선물 따위에 불과하다는 걸 어린 톰은 몰랐다. 그런 한편으로, 아기 고양이는 도리어 시궁쥐의 먹이가 될 수 있다는 걸 깨닫기에도 너무 어렸다. 어쨌든 시궁쥐 수컷은 톰을 꽁꽁 묶은 후 "새끼 고양이를 넣은 롤리폴리 푸딩을 만들어 먹자"라고 암컷 시궁쥐에게 말한다. 생각해보시길. 납치되어 꽁꽁 묶였는데 험상궂고 덩치도 나의 세 배쯤 되는 녀석이 내 앞에서 들으란 듯이 저녁 메뉴를 얘기하며 반죽과 버터와 빵가루 사이에 날 넣고서 맛있게 구워 먹자고 한다면, 어떤 기분이겠는가.

불운한 파리를 묶는 데 숙달이 된 거미는
과연 매듭의 달인이라 할 만했는데, 톰을 도와주러 나서지는 않았다.

얼씨구, 먹이사슬에 역행해서 쥐새끼에게 먹히는 고양이 꼴이 된 것도 억울해 죽겠는데, 결박의 달인인 거미는 묶여 있는 톰을 보고도 아무런 도움을 주지 않는다. 아니 왜, 동화 같은 거 보면 지나가

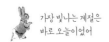
가장 빛나는 계절은
바로 오늘이었어

던 황소나 개구리나 개미나 막 그런 것들이 주인공 도와주고 살려주고 그러지 않는가. 그런데 서양은 '잇츠 낫 마이 비즈니스' 뭐 그런 거냐. 거미는 마치 '나랑 뭔 상관?' 이러듯 존재감 없이 퇴장한다.

다행히 톰은 새끼 고양이 푸딩이 되기 직전 구출됐다. 하지만 그날의 기억은 몸에 꼭 맞춘 맞춤복처럼 온몸에 들러붙게 된다. 맞춤복의 이름은 트라우마다. 톰 키튼은 이제 더는 아기 고양이가 아니다. 그의 형제들은 마을에서 내로라하는 쥐 사냥꾼으로 성장했다. 그런데 톰 키튼의 마음은 몸이 크는 속도를 따라잡지 못했다. 시궁쥐 따위는 작은 공 다루듯 할 수 있는 몸집이 되었음에도 여전히 시궁쥐를 무서워했다. 비단 시궁쥐뿐만 아니라, 시궁쥐보다 큰 것은 무엇이 됐든 두려움의 대상이 되어버렸다.

몸의 크기를 마음의 크기가 따라잡지 못하는 건 참 아픈 일이다. 작고 여린 마음은 몸이라는 큰 옷을 입은 앙상한 어린아이로 남아 있고, 반대로 다 커버린 몸은 움직이고 뛰어 올라야 하는데 아프다고 주저앉아 있는 마음이 못마땅할 수밖에 없다. 커버린 몸과 자라지 못한 마음. 만약 누군가가 다 커버린 몸의 시선으로 작은 마음을 바라보며 힐난하고 남의 일이라고 쉽게 말한다면 그것만큼 날카로운 칼날이 또 있을까.

설령 음악이 끝나더라도 계속 춤을 출 거야.

이건 내 무대니까.

"쟤 ○○집 애 아냐? 어머, 맞네. 세상에!"

누군가는 몸과 마음의 사이즈가 맞지 않는 날 강 건너 불구경하듯이 바라보며 잔뜩 우월감을 느낀 채 혀를 놀릴지도 모른다.

톰을 도와주러 나서지는 않았다.

누군가는 결박의 달인이면서도 묶여 있는 날 그저 바라만 보다가 퇴장할 수도 있다. 아니, 대부분이 그럴 거다. 무슨 상관이라고. 타인이 창자를 쏟을 정도로 아플지라도 내가 손톱을 너무 짧게 깎아 아픈 것보다 덜 아픈 것이다. 타인의 것은 깃털이다. 가장 무거운 건 내 아픔이다.

어쩌겠는가. 자신의 아픔은 그 누구의 것도 아닌 '잇츠 마이 비즈니스'인 걸. 다만 꼭 기억하자. 묶인 날 바라보며 도와주러 나서지 않고 사라지는 사람들은 동화 속 엑스트라처럼 내 삶에서 존재감 없는 행인 1, 2, 3이다. 내 아픔에 공명하는 사람들은 그들만의 이름으로 내 삶에 남지만, 못 본 척 지나가는 이들은 1, 2, 3이다. 마을버스 78번보다 더 쓸데없는 1, 2, 3인 것이다. 단지 먼저 그 길을 지나갔다는 이유로 길 잃은 내 앞에서 우월감에 찬 조소를 날리는 사람들, 그런 사람들은 내 길에 아무런 도움도 아무런 상처도 줄 수 없다. 상처는 사랑하는 사이에서 주고받는 거다. 놈들이 내게 준 건 상처가 아니라 무관심이다. 그래도 두렵고 무섭다면, 두렵지 않고 무서워지지 않을 때를 기다리며 이렇게 말하자.

"그래, 난 쥐가 무서워. 맞설 수 없어. 하지만 내 옆에는 쥐 사냥꾼이 많아. 내가 당장 쥐 사냥꾼으로 급하게 나설 것까지는 없잖아! 그건 너도 잘 알고 있을 테고!"

고백이랄 것도 없다. 약한 것은 약한 것, 강한 것은 강한 것. 약한 부위를 내보이며 짐짓 강한 척할 필요는 없다. 시간이 필요한 것은 시간이 필요한 것. 아플 때는 아프다고, 작지만 분명하게 말하자. 물론 어렵다. 하지만 주변을 둘러보면 몸만 훌쩍 커버려 어른을 뒤집어쓴 아이 마음의 어른이 생각보다 많다는 걸 알게 될 거다. 그러면 조금 안심이 되겠지. 몸과 마음의 간극을 넘어서는 해방의 날은 결국 찾아온다. 소문보다 두 발 늦지만 결국은 꼭 찾아온다. 해방의 날이 느린 게 아니다. 단지 소문이 쓸데없이 빠를 뿐이다.

덧⁺

내가 다시 열 살로 돌아가면 어떻게 할 거냐고? 그날 당장 어머니께 도둑질하다 걸렸다고 고백하고 싹싹 빌 거다. 세상에 비밀은 없다. 먼저 맞는 매가 덜 아프진 않다. 먼저 맞나 나중에 맞나 똑같이 아프다. 다만 숨기는 건 마음이 너무 아프다. 바람만 스쳐도 바람마저 내 비밀을 알고 비웃는 것 같으니까. 바람마저 속삭이고 그림자마저 쑥덕이는 것 같으니까. "잘못했으니 용서해주세요, 어머니" 하면 비밀에서 놓여난다. 잘못된 비밀은 내 발등에 얹힌 가시 돋은 바위다. 비밀이 깨지지 않는 이상 한 발짝도 움직일 수 없다.

날 사랑하는 사람은 생각 외로 나를 쉽게 용서해준다. 날 사랑하지 않는 사람들이 날 용서하지 못하고 끝까지 원망할 뿐이다. 그들은 무시해도 된다. 소문이나 옮기는 놈들은 내가 애써 원수를 갚아주지 않더라도 결국 제 발에 걸려 벼랑으로 떨어진다. 그러니 내 길만 가자. 그들은 날 사랑하지 않으니까. 사랑하는 사람만 챙기기에도 바쁜 삶이다.

버니 영감은 고양이들을 탐탁지 않게 여겼다. 그는 담벼락 위에
서 펄쩍 날아오른 뒤 아래 고양이를 덮쳐 바구니 밖으로 밀쳤다.
그리고 온실 안으로 뻥 걷어차면서 털을 한 움큼 뽑아냈다.
고양이는 버니 영감의 갑작스러운 공격에 너무 놀라 발톱 한번
제대로 쓰지 못했다. 고양이를 온실 안으로 쫓아낸 버니 영감은
온실 문을 잠갔다. 그러고는 바구니로 돌아와 아들 벤저민의 귀
를 잡고 끌어낸 뒤 작은 회초리로 때렸다. 그러고 나서 조카인
피터를 꺼내주었다.

「벤저민 버니 이야기」 중에서

울지마,
아빠가 있잖아

아버지는 형과 나 형제를 두었고, 작은아버지 역시 사내만 둘을 낳아 기르셨다. 아버지와 작은아버지 역시 남자 둘뿐인 형제다. 나는 남중·남고를 나왔다. 눈에 보이는 세상에는 온통 남자뿐이었다. 딸이 없어서 어머니는 많이 심심하셨을 것 같다. 내 기억은 안 그런데 어머니 말씀을 빌리자면 내가 중2병이 좀 심했나 보다. 내 주변도 온통 사내뿐이었지만, 어머니 보시기에도 세상이 시커멓고 땀내투성이였을 게 분명하다.

중학교 수학여행 때 학교 방침에 따라 다들 교복을 입고 갔는데 나는 몇몇 친구와 사복을 입고 갔다. 어디였더라, 관광지 유니폼을 입고 있던 직원 형이 우리를 죽 둘러보더니 "사복 입고 수학여행

온 애들은 대학 못 간다"라는 말을 했던 기억이 난다.

　최근에 알게 된 사실인데 내가 중학교 때 곧 죽어도 입바른 소리를 하고 다녔던 듯하다. 당시 학교는 일방적 폭력 수준의 체벌이 일상이던 때였는데, 내가 선생님들에게 뭐라고 따지고 들고 나댔는지 모르겠지만 담임 선생님이 우리 어머니께 그랬단다. "아드님 성적으로는 지방대 가기도 힘듭니다"라고. 알다시피 아무리 틀려먹은 학생이더라도 담임이라면 학부모 앞에서 대개는 긍정적으로 얘기한다. 칭찬할 게 정 없으면 성격이 밝아요, 친구가 많아요, 인사성이 좋아요 등 뭐라도 좋게 얘기해주려고 하는 게 인지상정이다. 그런데 담임이 어머니더러 당신 아들은 지방대 가기 힘들다(실은 대학이나 가겠느냐)고 얘기했다는 건⋯⋯. 아 이거, 말하다 보니 열 받네. 어쨌든 어머니가 그때 느끼셨단다. '아, 이 선생은 우리 애를 정말 싫어하는구나'라고. 젠장, 또 열 받네. 내가 언제 담임더러 쫀쫀한 사랑을 달라고 했나? 어쩌다 이런 놈을 맡았나 싶게 후회되더라도 대놓고 그러는 건 담임으로서 반칙 아닌가 싶다.

　어느 선배가 이런 말을 했다. 목사님과 선생님 자녀는 딱 두 종류라고. 모범생 또는 문제아. 우리 집의 경우는 형이 모범생 포지션이었고, 훗날 돌이켜보니 내가 약간 문제를 내포한 편이었다. 아주 약

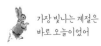

간. 대체로 '홀리'한 직업에 종사하는 부모를 둔 자녀의 심리와 방황에 대해 심플한 솔루션을 제공했던 그 선배, 그러니까 목사님 자녀인 그 선배와 선생님 자녀인 나는 죽이 잘 맞았다. 그렇다. 중학교 때 담임에게 '댁의 아들은 지방대도 못 가요'라는 말을 들으셨던 우리 어머니께서 선생님이셨다. '같은 선생끼리 거 참 너무하시네. 선생으로서 상도가 있지 어떻게 그딴 말을 지껄이는 거임?'라고 따지실 법도 하건만 어머니는 꾹 참고 넘어가셨다. 아주, 아주아주 오랜 시간이 지난 최근에야 그 얘기를 어머니께서 웃으면서 하셨다. 어쩌겠나, 나도 그냥 웃고 말았다. 내가 고분고분하지 않고 드셌던 건 사실이니까.

무난하게는 살지 않았다. 고등학교 때 타고 싶었으나 교육자의 아들로서 차마 그러지 못했던 오토바이를 대학생 때 탔다. 모두가 싫어하는 무개념 운전자는 결코 아니었다. 낡은 중고 오토바이였지만 라이더로서 안전 장구 착용하고 법규를 지키며 차선으로만 다녔다. 그러다 사고 두어 번 난 후 접었다. 여자친구가 없어서 크리스마스이브에 냄새나는 남자들끼리 모여 케이블TV를 보다가 영화 「록키」 1, 2, 3을 연달아 보고 크리스마스 다음 날 복싱 체육관에 등록했다. 서울시 신인왕전도 출전했다. 2전 1승 1패. 신나게 얻어터

졌다. 그러고는 유도를 하다가 어깨를 다치고, 어찌어찌하다가 팔도 부러졌다. 민간인 시절뿐만 아니라 군대에서도 사고를 두어 번, 아니 서너 번 치긴 했다. 그래서 우리 부모님은 둘째이자 막내인 날 물가에 내놓은 애 같다며 걱정하시곤 했다. 다 지난 일이다. 부모님의 걱정은 현재진행형이지만, 세상이 좁아 보이고 무엇에든 덤벼들려고 했던 건 다 지난 일이다. 과거의 대부분은 부끄럽다. 내일은 조금 더 자랑스러워지고 싶다.

시골에 계신 부모님께 전화를 걸어서 시답잖은 얘기를 늘어놓다가 "엄마 아빠, 사랑해요"라 말하고 후다닥 전화를 끊곤 한다. 무뚝뚝하셨던 아버지도 덩치가 산만 한 나의 애교질에 적응하셨는지 언젠가부터 "아빠가 막내 사랑해"라고 하신다. 아빠와 딸의 대화 아니고 아버지와 산적 같은 아들놈 대화다.

무척 힘들던 때가 있었다. 일이고 관계고 세상 모두가 등을 돌린 듯하던 때. 일을 해야 돈을 버는데, 일이고 관계고 다 싫고 왜 이러고 사나 싶고 지겹고 부끄럽고 그러던 때가 있었다. 컴퓨터를 포맷하듯 모든 걸 지워버리고 다시 시작하고 싶다는 생각이 들던 때였다. 시골집에 전화했는데 아버지가 받으셨다. 일상적인 안부 몇 마디를 꺼내다가, 수화기 너머 아버지 앞에서 한참을 울었다. 예쁘게

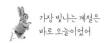

눈물 또르르, '어머, 눈에 먼지가 들어갔네' 이딴 식으로 운 게 아니라 끄억, 꺽, 흑흑, 흐으윽, 뭐 이렇게 소리 내며 더럽게 울었다. 콧물도 나왔으니까. 아버지는 왜 그러냐고 계속 물으시다가 아들의 더럽게 우는 소리를 잠자코 들으시더니 이렇게 말씀하셨다.

"아들, 왜 울어, 아빠가 있잖아."

　그날 나와 아버지의 물리적 거리는 254킬로미터쯤 됐는데, 아버지의 한마디가 단숨에 그 거리를 뛰어넘어 내게 들어왔다. 난 코찔찔이 시늉을 관두고 눈물을 닦고, 우는 건지 웃는 건지 정체성이 모호한 소리를 내며 전화를 끊었다.

　누구랑 그런 얘기를 했는지 모르겠다. 어머니였던가, 누구였던가. 만약 어머니랑 아버지랑 이혼하게 되면 난 아버지랑 살 거라고. 엄마가 좋아 아빠가 좋아 물을 때 "아빠!"라 대답하는 그런 건 아니고, 어머니는 강한 여자라 아버지 없어도 잘 사실 텐데 아버지는 혼자되면 밥이나 제대로 드시겠느냐고. 나도 미련하고 단순하며 여전히 왼손에 흑염룡을 키우는 평생 가는 중2병 환자지만, 우리 아버지는 연로하셔서 이제는 손에 용도 안 키우시는데 무슨 재미로 혼자 시간을 보내시겠느냐고 말이다. 아들로서 아버지랑 술잔이라도 짠 해야지. 평생 일해오신 어머니는 요리하는 거 귀찮아하시니 반찬은 뭐 맛있는 반찬가게 확보해서 단골 삼으면 되고. 어쨌거나 어머니 아버지, 요즘 보면 부부를 초월하여 전우이자 동지애로 끈끈하시니 내가 반찬가게 알아볼 일은 없겠다. 다행이다.

이런 낯간지러운 얘기를 끼적였으니 오늘은 틀렸고, 기억이 가물가물해지는 내일쯤 부모님께 전화드려야겠다. 나란 녀석의 부모님 되셔서 참 고생 많으시다고. 그래도 어쩌겠느냐고, 자식인데 별수 있느냐고, 그래서 사랑한다고 말해야겠다. 말에 돈 드는 거 아니니 모든 아들딸이여, 심심할 때마다 부모님께 사랑한다고 말하자.

덧*

어머니는 잘 모르겠는데, 가끔 시골에 갈 때마다 아버지의 몸에 세월이 쌓이는 게 한눈에 보인다. 보고 싶지 않은 모습이다. 마음이 좀 그렇다.

가장 빛나는 계절은
바로 오늘이었어

우리가 꿈꾸는 내일은 영원히 오지 않을 수도 있지만 그래도 괜찮아.

오늘의 모든 빛은 전부 우리에게로 향할 테니까.

"조금 후면 엄마 친구들이 도착할 텐데 너네 꼴이 이게 뭐니. 창피해서 정말." 타비사 트윗칫은 그렇게 말하고 아이들을 위층으로 올려 보낸 후 내려오지 못하게 했다. 친구들에게는 아이들이 홍역에 걸려 앓아누웠다고 둘러댔지만, 그것은 거짓말이었다.

_「톰 키튼 이야기」중에서

알면서도
매번 속아주는 사람

엄마 고양이 타비사 트윗칫이 친구들을 차 모임에 초대했다. 하아, 그런데 이놈의 새끼(고양이)들……. 셋이다 보니 한 놈에 집중하면 다른 놈 하나가 말썽이다. 일단 씻기고, 털과 수염을 빗기고, 우아하지만 불편한 옷을 꺼내 입힌다. 그러고는 요리 준비에 방해가 될까봐 아이들을 정원으로 내보낸다. 아이들을, 애 셋을, 아기 냥이 세 놈을 말이다! 아 그런데, 애들만 정원에 내보내면 안 되는 거였어!

아니나 다를까 밖에 나갔던 아이들은 금세 엉망진창이 된다. 엄마 고양이는 다 포기하고 이놈의 새끼(고양이)들을 위층으로 올려보낸 후 차를 마시러 온 친구들에게는 애들이 홍역에 걸려 아프다고 거짓말한다. 내려오지 말란 거다. 지금 이 집에 말썽꾸러기 애들 따윈 없다는 거다. 여기에서 이야기가 끝났다면 행복했겠지.

엄마 고양이와 친구들이 우아하게 차를 마시는데 위층에서 희한한 소리가 들린다. 아이 세 놈이 울려대는 우당탕, 쿵쾅, 쿵쿵쿵 따위의 층간 소음이었을 게 분명하다. '홍역에 걸려 침대에서 끙끙 앓고 있을 새끼(고양이)들이 갑자기 병이 치유되었는지 너무나 혈기 왕성하게 뛰어다닌다. (보자 보자 하니까 이놈 새끼(고양이)들이 진짜!) 조용히, 얌전히 있었으면 엄마 체면이라도 살 텐데 홍역 운운한 게 거짓말이었음이 단박에 드러난다. 모양이 좋지 않다. 전생에 무슨 죄를 지어서 내가 이렇게 힘든 걸까, 하고 엄마 고양이는 생각한다. 아니, 책에 그렇게 나온 건 아니고 누가 봐도 그 상황에선 저런 생각을 하지 않았을까 싶다. 뭐? 피터 래빗의 고향에 사는 영국 고양이는 안 그런다고? 에이, 설마. 대한민국이든 영국이든 사람 사는 건 다 똑같다. 아니, 사람이든 고양이든 엄마 심정은 다 똑같다.

어머니가 내게 하셨던 말씀 중 잊히지 않는 게 하나 있다. 육군 상병 때였나. 휴가를 나왔는데, 군바리에게 어김없이 그렇듯 시간이 쏜살같이 흘러 복귀하는 날이 되었다. 어머니께서 버스터미널까지 배웅 나오셨다. 시간이 남아 하늘 한 번 봤다가 바닥 한 번 봤다가 민간인이 사는 세상을 조금이라도 더 눈에 담고 있는데 어머니

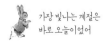
가장 빛나는 계절은
바로 오늘이었어

가 그러셨다.

"엄마는 아들을 평생 짝사랑한단다."

어머니가 예고도 없이 훅 들어오셨다. 난 그냥 웃고 말았다. 그게 무슨 말씀인지 되물어야 할 정도로 바보는 아니었으니까. 종종 주변 사람들에게 말하곤 한다. 세상 모두가 내게 등을 돌려도 마지막의 마지막까지 내 편이 되어줄 여자가 있다면 어머니라고. 세상 모두가 내게 등을 돌려도 어머니는 내 편이 되어줄 것이고, 아버지는 나와 함께 세상과 싸울 것이다. "세상, 네놈들이 내 새끼한테 등 보였냐?" 이러면서 있는 힘 없는 힘 다 끌어모아 장풍을 날리실 분이다, 우리 아버지는. 아 참, 조금만 수정한다. 세상과 싸우기 전에 우리 아버지는 아마 그러실 거다. "그러니까 아빠가 성질 좀 죽이라고 했잖냐(또 뭔 짓을 했기에 세상이 네게 등을 돌리는 거냐? 너도 이제 나이를 생각해야지)?"

아마도 세 마리의 새끼 고양이는 엄마가 있었기 때문에 그렇게 맘껏 뛰어놀았을 것이다. 병원에 가서 수술을 앞두면 꼭 쓰는 거 있잖은가. 거 왜, 보호자 누구누구라고. 환자에겐 보호자가 필요하다. 아이들은 아직 약하기 때문에, 약하다는 거 하나로 어른들의 세계에서 아픈 사람과 다를 게 없다. 그래서 아이에게는 보호자가 필요하다.

매뉴얼대로 따르기만 하는 삶,

쉽고 편하고 간단할 거야.

하지만 재미는 없겠지.

위험하고 중한 수술일수록 보호자 동의가 필요하듯, 위험하고 험난한 세상일수록 보호자가 필요하다. 그 보호자가 형제자매가 될 수도 있고, 연인이 될 수도 있고, 친구가 될 수도 있지만 가장 먼저 만나 가장 큰 안심과 평온을 느껴야만 할 보호자는 부모다. 울타리가 되어주고 넓은 땅이 되어주는 보호자, 즉 부모가 있기에 우리는 정원에서 마음껏 뛰어놀고 단추를 떨어트리고 손수건을 흘린 채 돌아오고 새로 산 신발에 흙칠을 하고도 웃을 수 있는 것이다.

결국 자식은 부모의 젊음과 기운을 먹고 자란다. 시간이 지날수록 자식은 어린이에서 젊은이가 되고, 젊었던 부모는 늙어간다. 아버지의 등이 작아지고 어머니가 책의 글자를 읽기 어려워하시는 건, 자식인 우리가 부모님의 젊음과 기운을 양분으로 삼아 자랐기 때문이다. 어리기만 하던 자식들이 좋은 인연을 만나 결혼하고 부모가 되면, 그제야 비로소 부모님의 젊음과 기운을 뺏어가기를 멈춘다. 부모님은 어느덧 할아버지 할머니가 된다. 그리고 조금씩, 조금씩 늙어간다.

부모님이 곁에 계시지 않는 상황을 생각하기가 어렵다. 매일 세수할 때 거울을 들여다보기에 나는 내가 나이 들어간다는 걸 쉬 느끼지 못한다. 매일 마주하는 내 얼굴이라 창틀에 먼지가 쌓이듯 솔가지에 첫눈이 쌓이듯 조심조심 들어가는 나이를 잊을 때가 많다. 그러다

적금 만기가 되어 목돈을 한꺼번에 찾듯이, 어느 한순간 '나도 나이 들어가는구나'라는 걸 갑자기 알게 된다. 잊었던 이자를 한꺼번에 받듯 나이 듦을 불현듯 자각하는 것이다. 나도 이럴진대 부모님은 오죽할까. 하지만 이건 연민이 아니다. 미처 생각하지 못할 뿐이다.

어릴 적 호기롭게 부자 되어 어머니 아버지 맛난 거 매일 사드리겠다고 큰소리 빵빵 쳤는데, 이제 아버지는 치아가 약해질 대로 약해져서 질긴 고기를 씹기도 어려워하신다. 그래서 씹을 필요 없는 약주를 맛나게 드시는 건가. 그래도 우리 부모님은 막내가 여전히 호기롭게 큰소리 빵빵 치면 좋아하신다. 다 알면서도 기쁘게 속아주신다. 어머니는 평생 아들을 짝사랑하고, 아들은 부모 앞에서 평생 사기를 친다. '호강시켜드릴게요' 따위의 사기에 매번 속고도, 속는 것을 도무지 멈추질 않으신다.

덧*

그러고 보니 아버지는 한우를 좋아하신다.

치아가 약해도 한우는 입에서 살살 녹는다.

"꽃양배추 하나 주렴. 네 들창코에 축복이 있기를."
_「꼬마 돼지 로빈슨 이야기」 중에서

네 들창코에
축복이 있기를

들창코는 코끝이 들려 콧구멍이 보이는 코다. 사전에서 들창코를 찾아보니 벌렁코, 납작코 등이 따라온다. 아마도 '예쁜 외모'와 들창코는 친하지 않은 모양이다. 그런데 시장에서 만난 로빈슨에게 벳시 할멈은 인사하며 말한다. "네 들창코에 축복이 있기를"이라고.

딱 그 상황만 떼어놓고 본다면 '저 할멈은 왜 시비야? 자기는 류머티즘으로 고생하고 있는 주제에!'라고 생각할지도 모른다(책에 분명 '할멈의 류머티즘은 한결 나아진 상태였다'라고 나오긴 한다). 그런데 알고 보면 들창코에 축복을 비는 벳시 할멈의 인사는 더없이 사랑스럽고 배려 깊다. 왜냐고? 로빈슨은 꼬마 돼지다. 꿀꿀 꼬마 돼지. 게다가 코에 은색 코걸이까지 했다. 우리나라에선 송아지의 코를 뚫어 코뚜레를 하고 고삐를 매는 일이 있지만 동서양 통틀어 돼지에게는 코뚜레가 필요 없다. 그렇다. 꼬마 돼지 로빈슨은 '멋져 보이기 위해' 들창코에 은색 코걸이를 한 '패피'인 것이다! 패피, 그러니까 패션 피그!

만약 로빈슨에게 벳시 할멈이 "네 뾰족코에 축복이 있기를!"이라거나 "네 오뚝한 콧날에 축복이 있기를!"이라고 인사했다면 로빈슨은 무척 상심했을 것이다. 콧구멍이 잘 보이는 들창코, 벌렁코, 납작코, 결국 종합하여 돼지코는 돼지의 시그니처인데 '오뚝한 콧날이나 뾰족코' 따위 인간의 코에나 어울릴 법한 말을 한다면 실례 아니겠는가. 심지어 로빈슨은 코에 은색 코걸이까지 한 패피다. 한껏 힘을 준 코에 축복을 빌어주는 건 얼마나 아름다운 모습인가!

돼지에겐 돼지다운 돼지코에 축복을 빌어주는 게 맞다. 사람에겐 사람다운 면, 사람의 시그니처에 축복을 빌어주는 게 맞다. 그렇지 않다면 실례다. 나는 당연하게도, 아주 당연하게도 '인형 같은' 외모를 지니지 않았다. '빨래판 같은' 복근도 없다. 따져보면 끝이 없는데, 앵두 같은 입술도 없고 우물처럼 깊은 눈동자나 동굴을 울리는 듯 매력적인 저음을 지니지도 않았다. 비단결 같은 머릿결 따위도 없다. '무엇무엇 같은 무엇'을 따져봤을 때 내게 어울리는 건 단 하

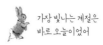

나, 사람같이 생겼다 정도?

인형 같은 외모는 장난감 가게에서 찾으면 된다. 백인, 황인, 흑인, 금발, 흑발, 백발 등 생각할 수 있는 모든 범위의 인형 외모를 만날 수 있다. 빨래판은 빨래터에서, 앵두는 청과물 시장에서, 우물은 시골 오래된 집에서, 동굴은 산자락에서, 비단은 동대문 혼수·침구·한복 취급점에서 찾으면 된다. 인형, 빨래판, 앵두, 우물, 동굴, 비단 등등은 사람의 시그니처가 아니다. 본디 인형이 사람을 흉내 낸 거다. 사람 외모를 따라 인형을 만든 거지 12광년 밖 미미은하계의 공주로부터 계시를 받아 인형을 만든 게 아니다(물론 미미은하계 따위도 없다). 빨래판은 손빨래의 효율성을 높이려고 만든 거지 배에다 새겨 넣으라고 만든 게 아니다. 비슷한 표현으로 초콜릿 복근 같은 것도 있다. 초콜릿은 상사에게 갈굼당하고 빡칠 때, 당 떨어질 때, 또는 밸런타인데이 때 진짜 싫은데 회사 남자 상사들에게 돌릴 때 쓰는 거다. 더구나 초콜릿은 다량으로 섭취할 경우 복근이 순식간에 희미해지는 대단한 식품이다. 초콜릿을 좋아해서는 선명한 복근을 만들 수가 없다.

여기까지 왔으니 눈치챘을 거다. '무엇무엇 같은' 따윈 개나 줘버리라지. 사람답다, 나답다가 최고의 찬사다. 세상은 무생물이나 상품에는 그러질 않는데 유독 사람의 외모를 얘기할 때 비유법을 많이 쓴다. 세상의 어느 누가 '사과폰 같은 은하수폰'이라고 제품 설명을 하겠는가? 사과폰이면 사과폰, 은하수폰이면 은하수폰인 거다. 제품들은 자신만의 시그니처, 자신만의 브랜드를 만들기 위해 죽도록 노력한다. 비교당하면 싫어한다. 굳이 비교를 해야 한다면 이전 제품, 예컨대 6과 7을 비교한다. 7이 6보다 이거 이거가 더 나아졌다고 얘기한다. 그런데 사람은?

영희 같은 철수는 의미 없다. 철수는 철수일 뿐이다. 굳이 비교한다면 어제의 철수와 오늘의 철수를 비교해야 한다. 7월 6일의 철수와 7월 7일의 철수를 비교해야 하는 것이다. 하루가 지났다면 그 하루만큼 반보라도 더 나아졌는지를 비교하는 건 좋다. 오늘의 나와 어제의 나를 비교하는 건 좋다. 그런데 왜 다른 은하계의 인형과 다른 나라의 위인과 옆 동네의 누구와 엄마 친구의 아들과 친척의 딸과 비교하는가. 벳시 할멈도 꼬마 돼지에게 그러지 않는가. "들창코에 축복을"이라고. 류머티즘이 한결 호전된 벳시 할멈도 알고 있다. 돼지는 돼지답게, 사람은 사람답게, 비교는 어제의 나와 오늘의 나를 두고 하는 거라는 걸.

불행의 시작은 남과의 비교이며 행복의 시작은 오늘의 나에 대한 감사다. 감사는 인형 같아서, 빨래판 같아서, 앵두 같아서, 우물 같고 동굴 같아서 하는 게 아니다. 내가 나이기에 감사하는 것이다. 뭐? 지금 자신의 모습이 별로라고? 어떤 기준으로 별로인 건가. 나를 그냥 내 기준으로 보면 그저 나일 뿐이다. 잘난 이들과 비교하면 당연히 못나 보일 뿐이고. 그래서 나보다 못난 사람하고 비교한다고? 나보다 힘든 사람보단 내가 조금 더 나으니까 감사할 수 있다고? 그건 정말 아니다. 자기보다 높은 사람과 자신을 비교하면 열등감만 남고, 낮은 사람과 비교하면 비루함만 남을 뿐이다. 높은 곳과 비교하면 초라해지고, 낮은 곳과 비교하며 애써 위안하려 하면 천박해질 뿐이다. 그냥 딱 내가 선 곳, 내 눈높이, 내 위치의 나를 내가 바라보는 것으로 족하다.

못났다 잘났다 평하는 건 '기준'이 있다는 거다. 그 기준이 나라면 그냥 나는 나일 뿐이다. "돈도 못 벌면서 밥은 왜 이렇게 많이 먹니?"에서 기준은 '돈을 벌면서 밥은 적게 먹는 사람'이다. 지금 당장 돈은 못 벌지만 입맛이 좋아서 밥을 많이 먹고 있는 내가 기준이라면 그냥 '나는 밥을 먹는다'로 끝난다. 얼마나 심플하고 아름다운가! 대개 복잡한 것은 가짜다. 주어와 동사만으로도 세상은 설명이 된다. 나는 먹는다. 나는 잔다. 나는 산다. 나는 사랑한다. 나는 노력한다. 나는 나아진다. 나는 충분하다. 뭐, 조금 더 풍성하고 아름다운 삶을 위해 '충분하다' 같은 형용사도, 때로 부사도 쓸 순 있다지만 단순함은 신의 영역이자 축복의 일이다. 복잡함은 인간의 영역이자 불행과 피로의 일이다.

길을 나서서 좋은 사람 만나거들랑 무엇무엇 같아서가 아니라 그 사람이라서 맘껏 칭찬하고 사랑해주자. 화장실에 들어가서 거울을 볼 때, 거울에서 웃고 있는 나에게도 똑같이 대해주자. 내가 나라서 칭찬해. 내가 나라서 좋아. 기준은 나 자신이니 비교하지 말고 사람으로, 나로 살자.

덧⁺

1. 화장실에 들어가 거울을 보면서 자기애가 넘쳐 너무 오랫동안 중얼거
   리면 식구들에게 오해받을 수 있다. 짧게 하자.

2. '비교하지 말라, 사람답게, 나답게가 가장 중요하다'라고 말하면 꼭
   이렇게 말하는 사람 있다. "못생긴 사람이 꼭 캥겨서 저러더라? 잘생기
   고 예쁘면 얼마나 편한데?"

   ……. 난 못생기지 않았다. 잘생기지 않았을 뿐이다!

세종대왕님이 창제한 한글을 아주 몹시 사랑하는 사람으로서 못생긴
것과 잘생기지 않은 것은 아침밥과 저녁밥만큼 큰 차이가 있다는 걸 말
해주고 싶다. 그리고 내 피부 촉촉해지고 예뻐지라고 마스크팩 한 장
안 사준 사람이라면 그딴 소리 조용히 넣어두길 바란다. 조용히 갈 길
가라. 나는 나답게 살련다. 내 멋대로, 생긴 대로 사는 게 가장 신난다.

"딱하게도 바운서 삼촌이 나이가 들어서 분별력이 없어진 모양이네." 피터는 생각에 잠겨 말했다. "그래도 두 가지 점에서 아직 희망이 있어. 우선 아기들이 아직 살아 있다는 거야. 발길질을 했으니 말이야. 그리고 토미 브록이 간식을 먹은 지 얼마 안 됐다는 거야. 곧 잠자리에 들 테니 아기들은 아침 식사거리로 남겨두겠지."

_「토드 씨 이야기」 중에서

미안해요
고마워요 사랑해요

불쌍한 바운서 영감. 그는 "내 꼬리라도 뜯어 먹을 판이다"라며 보름을 굶주렸다고 너스레를 떠는 오소리를 집에 들인다. 아들 토끼인 벤저민 버니와 며느리 플롭시와 함께 살며 손주들을 봐주던 바운서 영감은 오랜만에 말벗이 생겨서 마냥 좋았는지, 아님 나이 때문에 판단력이 흐려진 건지 갓난쟁이에 불과한 꼬마 토끼들이 있는 굴 안으로 오소리를 들이고 만다. 그것도 보름을 굶주린 오소리를. 먹이사슬은 자연의 법칙이니 오소리를 마냥 미워할 수만도 없는데, 그 망할 오소리가 갓난쟁이 토끼 일곱 마리를 몽땅 자루에 담아서 사라진 것이다.

뒤늦게 돌아와 사태의 심각성을 깨달은 벤저민은 사촌 피터 래빗과 함께 아기들을 구하러 떠난다. 자기 집도 아닌 여우 굴에 들어간 오소리를 찾아서, 여우와 오소리 두 마리의 포식자를 피해 일곱 아기를 구해야만 하는 절체절명의 구출 작전이다. 애초에 바운서 영감이 분별력 있게 행동했더라면 이런 일이 없었을 테니 원망할 법도 한데 벤저민은 아버지를 탓하는 대신 새끼들을 구하러 길을 나선다. 탓해봤자 지난 일이고 탓한다고 달라질 것도 없다. 누군가를 원망할 시간에 벤저민과 피터 래빗처럼 움직이는 게 낫다.

존경은 강제할 수 없다. 우러르라 윽박지르지 않아도 어린 사람들이 깃들 수 있는 품을 지닌 어른에게는 젊음이 모이고 공경한다. 세상에는 공짜가 없고 수고 없이 얻을 수 있는 게 없다. 다만 공짜인 게 하나 있다. 바로 나이다. 밥만 챙겨 먹고 숨만 쉬면 얻어지는 게 나이다. 지혜롭고 존중받는 어른과 주름 사이사이 욕심과 아집만 가득 찬 노인 모두에게 공평한 것이 세월이고 나이다. 먹기 싫어도 그저 가만히 있으면 켜켜이 쌓이는 게 나이다. 그렇기에 나이는 벼슬이나 권력이 될 수 없다. 아무것도 가진 게 없는 사람들이 마지막에 꺼내는 게 있다. 바로 "너 몇 살이야?" 또는 "어린놈이 어디서 건방지게!"다. 나잇값을 하는 진짜 어른들은 자신의 나이에 무게를 더하지 않고, 어린 사람의 나이를 셈해 가볍게 보지도 않는다. 나이

가장 빛나는 계절은
바로 오늘이었어

는 자신의 노력으로 얻은 게 아닌, 세상이 주는 공짜라는 걸 알기 때문이다.

나잇값을 하는 어른들에게 나이와 나이 듦은 젊은이가 가질 수 없는 왕관이다. 하지만 왕관은 생각 이상으로 무겁다. 노인들은 나이의 왕관이 너무 무거워서 걸음을 빨리 옮길 수 없고, 왕관이 너무 눈부셔서 작은 글씨가 잘 보이지 않는다. 왕관은 그대로인데 점점 몸집이 작아져 어느새 귀를 덮는다. 귀까지 잘 안 들리게 된다. 아이가 젊은이가 되어 갈 때는 몸이 팽창하고, 늙어서는 바람이 빠지듯 몸이 쪼그라든다. 그래서 왕관이 더 무겁다.

어머니는 증조할머니와 할머니를 모시고 살았다. 친부모님과 살아도 다툴 때가 있는데, 남편의 어머니와 할머니, 그러니까 시어머니와 시할머니를 모신 거다. 돌이켜봐도 어머니는 참 대단하다. 맞벌이셨고, 나와 형은 할머니 손에서 컸다. 시골 어른들이 으레 그렇듯 할머니는 장남인 형을 더 예뻐하셨다. 형은 장학금 받으며 대학을 다니고 의사가 되었다. 난 벚꽃 잎이 눈처럼 흩날리면 야간 자율학습을 빼먹고 자전거를 타고 거리를 달리거나, 몸을 단련한답시고 야밤에 교정의 아름드리나무를 돌려차기로 쳐대곤 했다. 그러다가 그림을 시작했다. 여러모로 난 가성비가 떨어지는 녀석이었다.

바보들은 호의가 당연한 줄 알아. 그러니 똑똑히 말해 줘. 바보에게 베풀 호의 따위는 애초에 없다고.

증조할머니는 내가 초등학생 때 돌아가셨다. 내가 대학에 입학하기 전 할머니에게 치매가 찾아왔다. 할머니의 육체는 나이를 먹어갔지만, 할머니의 기억은 어느 시점에서 멈췄다. 할머니에게 형은 우리 집의 장남이자 말썽도 안 피우고 의사가 된 손자로 기억됐을 것이다. 나는 뭐, 이것도 아니고 저것도 아니고 막연히 노는 놈으로 기억됐겠지. 할머니의 육체에 치매가 찾아온 것으로 모자라 대장암 말기가 덧씌워졌다. 아주 오래 고생하셨고, 긴 병에 효자 없다는 옛말이 틀리지 않는다는 걸 온몸으로 느꼈다. 할머니가 돌아가시고 세상이 쪼개진 듯 서럽게 운 건 어머니와 나였다. 나도 그렇지만 어머니도 못다 하신 말씀이 많았나 보다. 앙금이 없다면 가시는 분을 눈물로 붙잡지 않는다. 못다 한 말은 살아남은 자가 마지막까지 가슴에 품고 가야만 한다.

결핍은 힘이다. 모자라고 부족한 사람은 그것을 채우려고 아등바등 노력한다. 나를 이끌고 버티게 했던 것의 대부분은 결핍이었다. 나머지 얼마가 분노였다. 나는 계속 모자라는 사람이었고, 부족한 사람이었고, 인정받지 못하는 사람이었다. 그래서 이를 악물고 덤벼들었다. 어떤 사람은 내가 이렇게 노력하고 덤벼드는 걸 이용했다. 어떤 이는 동정했고, 어떤 이는 비웃었다. 부끄러운 기억뿐이다.

지금? 지금은 이러나저러나 나 잘난 맛에 살고 있다. 잘나서 잘난 게 아니다. 그냥 나 자신이라서 충분할 뿐이다. 부족하지만 모자랄 것은 없다는 걸 느꼈다. 정말 많이 돌아왔다. 나는 나로서 충분하다는 단순한 사실을 깨닫기 위해 너무 먼 길을 돌아왔다.

그리고 그 길고 긴 사막의 행군에는 어머니의 기도가 큰 도움이 됐다. 사막 같은 삶을 건너는 데 어머니의 기도가 단비처럼 내 길을 적셨다는 걸 안다. 그걸 알면서도 내가 어머니께 썩 잘하고 있다고는 말 못 하겠다. 다만 어머니의 기도가 없었다면 어딘가 어느 구석에 엎어져 다시는 일어서지 못했을지도 모르겠다는 생각을 한다. 딸처럼 살갑게 굴려고도 해보지만 그렇게는 또 안 된다. 어머니는 아들을 평생 짝사랑한다고 내게 말씀하셨는데, 짝사랑이 너무 길고 오래되어 조금 지치신 건 아닌가 모르겠다. 확실한 건 우리 어머니는 여전히 나에게 속고 계신다는 거다. 둘째이자 막내인 내가 당신을 엄청나게 호강시키고 잘 입히고 잘 먹일 거라고 오늘도 꿈꾸고 계신다. 아니, 호강 따위 안 시키고 잘 입혀주고 잘 먹여주지 않더라도 막내인 내가 그런 마음을 지니고 큰소리 뻥뻥 쳐댈 때마다 마냥 좋아하신다. 이게 다 내가 불어넣은 헛바람인데 십수 년째 같은 장단에 속고 계신다. 아마도 부모란 같은 장단에 매번 속는 존재들

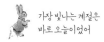

인가 보다. 자식들은 천하에 제일가는 사기꾼들이고.

어머니 아버지가 쓰신 왕관의 무게가 조금씩 무거워져 가는 게 눈에 보인다. 말로만 떠드는 나로서는 무게를 1그램도 줄일 수 없을 거다. 이 책을 어머니가 읽으신다면 좋겠다. 어머니께서 쉽게 읽으실 수 있도록 편집자더러 글씨 크기를 키워달라고 해야 하나. 미안하고, 감사드리고, 사랑하는 마음은 모든 자식이 한결같으리라 생각한다.

저도 그래요, 어머니.

덧+

어머니는 '딸 가진 부모는 해외여행 가고 아들 둔 부모는 국내여행 간다'라며 무심한 아들 따위 딸보다 못하다는 얘기를 여러 번 하셨다. 틀린 말 하나 없다. 그런데 어머니, 제가 아들로 나온 걸 저한테 뭐라 하지 마시고 아버지한테 따지세요. 전 세상 나와서 눈 떠보니 남자더라고요. 저는 정말 몰랐어요. 그러니 아버지랑 얘기하세요.

선원이 말했다. "꼬마 돼지야! 너 코담배 좋아하니?" 로빈슨에게 한 가지 단점이 있다면 그건 '아니요'라는 말을 하지 못한다는 것이었다. 심지어 달걀을 훔쳐 가는 고슴도치에게조차 그러지 못했다. 로빈슨은 코담배든 입담배든 질색이었지만 "아니요. 괜찮습니다. 아저씨"라고 거절하고 곧장 일을 보러 가는 대신 그저 발을 동동 구르고, 한쪽 눈을 반쯤 감고, 고개를 갸웃거리며 꿀꿀거렸다.

_「꼬마 돼지 로빈슨 이야기」 중에서

갑자기 아파져서
못할 것만 같은 예감이 듭니다

난 무례한 사람이 싫다. 자기 편한 대로 타인을 움직이려 하거나 상대의 상황이나 감정 같은 건 전혀 신경 쓰지 않은 채 자기 것에만 벌벌 떠는 사람이 싫다.

특히 회사에서는 무례한 제안이나 갑작스러운 저녁 회동을 업무를 위한 것인 양 포장하는 경우가 많다. 대한민국이 고속성장으로 이만큼 된 건 알겠는데, 옛날처럼 '닥치고 해, 될 때까지 해, 하면 돼' 식의 우격다짐을 적용하기엔 거의 모든 것이 바뀌었다. "오늘 술 한잔하자!"라고 사장이 싱글벙글 웃으며 다가와 말했는데 쭈뼛거리거나 즉답을 안 하면 근성 없는 애송이로 오해받기 딱 좋다. 아니, 저기요. 직원들은 애인도 없고 친구도 없고 저녁 약속도 없는 줄 아시는 건가요? 왜 당신 내킬 때 이렇게 훅 들어오시나요. 설령 약속이 없어도 혼자 있는 게 좋지 일주일이면 5일 동안 근무 시간 내내 보는 권력자분들과 '번개하기'는 정말 싫다고요.

사장은 직원의 오전, 오후 시간을 월급으로 등가 교환한 거다. 자기 내킬 때 갑자기 회식할 거면 야근 수당을 주든가. 아니, 우리가 무슨 거지도 아니고 돈이 없어서 술을 못 먹나, 멤버가 없어서 술을 못 먹나, 쌀이 없어서 밥을 못 해 먹나. "오늘 너희를 위해 기름진 안주와 술을 하사하겠다!"라고 사장이 외치면 다들 황송해하면서 벅찬 눈물과 함께 "아아, 사장님의 은혜로 작년 설날 이후로 처음 육고기를 먹게 되겠구나" 또는 "애인도 없고 친구도 없고 돈도 없고 약속도 없고 빚만 있는데 항상 쓸쓸하고 외로운 나를 배불리 먹여주시다니, 얼마나 감사한 일인가!" 이러며 머리를 조아려야 하나?

가만 보면 대장 놀이에 심취한 사장님들이 적잖은 듯하다. '사장인 내가 아랫것들에게 이만큼 베풀었으니 고마워하거라'라는 거다. 속으로 '나는 직원들을 위하고 먹이는 정말 훌륭한 리더야'라며 혼자 정신승리 한다. 정말 승리하시려면 법인카드만 주고 그냥 퇴근하시면 된다. 직원끼리도 얼마든지 재밌게 놀 수 있다. 게다가 술 마시며 일 얘기도 하고 종종 '어떻게 하면 더 잘할까' 같은 얘기도

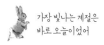
가장 빛나는 계절은
바로 오늘이었어

한다. 하지만 전 직원이 모인 회식 장소에서 "회사 발전을 위해 무엇을 개선하면 좋겠는가?"라고 사장이 물으면 꿀 먹은 벙어리가 된다. 개선 사항을 대낮 일과 시간에 보고할 수 있을 만큼 자유로운 분위기가 아니고 눈치 보게 되어 있으니 대낮에 말을 못 하는 거 아닌가. 밤 되고 술 마시면 갑자기 분위기가 군대 내무반에서 자유로운 구글쯤으로 바뀔 거라 착각하는 건가? 그런데 이런 대표님들 참 많다.

아니 그냥 법인카드만 주시라고요, 돼지 말고 미국산 말고 한우도 좀 먹자고요. 내 돈으로 못 하는 걸 선물 받고 대접받아야 기쁘고 추억인데, 회식이랍시고 먹고 마시는 거 보면 평소 내 돈 주고도 안 갈 것만 같은 곳에서 모이지 않는가. 사진 찍기 좋게 예쁘든가, 음식이 맛있든가, 사장님이 미혼인데 잘생겼다든가, 서비스가 좋든가, 주차하기 편하든가, 가성비가 높다든가, 뭐든 하나라도 걸려야하는 거 아닌가. 그런데 가보면 참 한숨만 나온다. 분위기도 모호하고 사진 앵글도 안 나오고 가성비는 그럭저럭인데 내 신용카드 쓰는 거 아니고 법인카드라니 겨우 참는다 싶다. 주차하기 힘들어서 뺑뺑 돌다가 겨우 주차하고 오느라 좀 늦으면 "회식도 업무의 연장인데 일찍 좀 다녀라"라며 중간급 상사가 눈치 준다. 팍 소주병 들어서 내리치고 싶다.

어디 회식이나 직장생활뿐이겠는가. 어찌 됐든 사람이 모이는 곳에는 무례한 사람들이 꼭 있다. 그들의 무례함은 자신의 무례함을 수용할 것을 바라는 강요에서 시작된다. 이런 강요는 가히 폭력이다. 꼭 주먹질하고 발길질해야만 폭력이 아니다. 이해되지 않고 불합리한 것들을 무조건 따르라는 거, 시내 한복판에서 뺨을 맞듯 폭력적이고 어처구니없다.

낳았다고 해서 자식이 부모의 소유인 것은 아니다. 나이가 많다고 해서 어린 사람들이 당연히 공경해야 하는 건 아니다. 직원이 사장의 '부하'이자 '어린 것들'이자 '소유'인 것 역시 아니다. 우리는 누구의 것도 아니다. 내 몸과 마음은 내 것이고 사장은 계약에 의해 내 노동력을 제공받기로 한, 나보다 조금 더 돈 많은 사람일 뿐이다. 나이보다 행동이 지혜롭고 연륜이 있어야만 공경받는다. 내 마음과 내 몸은 다른 누구의 것도 아닌 내 것이다. 그러니까 타인이 이래라저래라 하면 안 된다. 따르고 싶을 때 따르고, 공경하고 싶을 때 공경한다. 나보다 먼저 태어났다고, 나보다 조금 더 일찍 물질적으로 성공했다고 해서 내가 그들의 발에 입을 맞출 필요는 없다. 아닌 건 아닌 거다. 싫은 건 싫은 거다.

난 거짓말을 잘 못하는 편이다. 거짓말을 하면 얼굴에 다 드러난

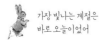

다. 그래서 불합리한 부탁을 받아들이거나 무례한 상황에서 능구렁이 담 넘듯 빠져나가는 걸 잘 못한다. 화를 내거나 욕하면서 따지고 설득하는 건 잘하겠는데, 다른 핑계를 대거나 부득이하게 거짓말로 없는 약속을 만드는 식으로 상황을 피하는 건 잘 못한다. 그런데 어느 날 너무너무 싫은, 불합리한 저녁 모임에 참석할 것을 강요받았다. 물론 시킨 사람은 절대 강요라고 생각 안 한다. 어쨌든 너무 싫었던 나머지 연차를 냈다. 사유는 뭐, 아팠다고 치자. 제법 중요한 자리였던 만큼 어떤 팀장은 연차임에도 일부러 시간을 내 저녁 모임에 참석했다. 나는 몸이 너무 튼튼했지만 갑자기 그날 밤 아플 것만 같아 연차를 내고 참석을 안 했다. 뭐, 아무 일 없었다. 난 너무 싫었던 자리에 안 가서 속이 편해 좋았고, 다른 사람들은 내가 인상 쓰며 술만 퍼먹는 걸 안 봐서 좋았을 거다.

한번 그러고 나니 묘한 쾌감이 일었다. 그 후 본의 아니게 두 번 거짓말을 했다. 몹시 미안한 표정을 지으며 "죄송한데 오늘은 한 달 전에 잡아놓은 선약이 있어서요"가 한 번. "아, 어떡하죠? 오늘 가족 모임이 있어서 제가 저녁을 사드리기로 했거든요"가 한 번. 뭐? 거짓말은 나쁜 거라고? 그래, 누가 언제 거짓말이 좋다고 했나. 거짓말하는 건 나쁜 거지만 나처럼 거짓말에 소질 없는 사람을 거짓말하게 하는 원인에 대해 좀 생각해보자. 모름지기 사람이라면 최소 2주 전, 100보 양보해서 1주 전에는 서로의 시간을 가늠하며 약속을 잡는 게 맞다. 여름 성수기 여행 갈 때 숙소 예약도 안 하고 덜컥 가족 여행 떠나는 이가 과연 몇이나 되겠는가. 비어 있는 방 더 저렴하게 제공하는 숙박 앱을 사람들이 다운로드하는 건 다 이유가 있다. 방문 당일 빈방에는 특별 할인이 적용되듯이 갑자기 무리한 요구를 할 거면 특별 할인에 준하는 뭔가 대단한 걸 제공하든가. 그것도 아니면 여행 가기 전처럼 한 달 전에 예약하든가. 비행기나 숙소는 몇 달 전에 잘만 예약하는 사람들이 왜 사람들은 쉽게 보고 만만하게 달려드는지 모르겠다.

그래서 거짓말 두 번씩이나 하니까 어땠냐고? 좋았지, 뭐. 심지어 자랑도 했다. "오늘 너어어어어어어무 가기 싫은 모임을 갑자기 제안받아서 선약 있다고 했어. 나 완전 잘하는 듯." 뭐 이딴 식으로. 모처의 사장님들, 이 대목 읽으면 '역시 직원들은 믿을 수 없어' 또는 '그렇게 잘해줬는데 돌아오는 건 겨우 이건가…… 사장이란 역시 고독한 자리야'라고 불쌍한 표정 짓지 마시길. 당신이 먼저 때렸기 때문에, 당신이 무례함으로 직원을 물건 다루듯 생각 없이 따르는 멍청이 취급했기 때문에 자기방어 차원에서 그런 거다. 쌍방 과

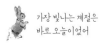
가장 빛나는 계절은
바로 오늘이었어

실인데, 경찰 대동하여 상호 보험사와 과실 비율 따지면 8 : 2쯤 나온다는 거다. 2밖에 안 되는 사람이 자기 자신 지키려고 딴에는 선의의 거짓말을 한 거다. 제발 부탁인데 내 맘 몰라주네 고독하네 그딴 약한 소리는 집어치우고, 솔직하고 담백하게 대화할 수 있는 분위기를 만들어주기 바란다.

덧 ⁺

내가 창업한 회사니 회사는 내 것, 월급 받아먹는 직원들도 내 것, 이렇게 생각하는 꼰대 대표들이 많다. 저기요, 세계적인 기업가이자 혁신가인 스티브 잡스도 자기가 만든 회사에서 쫓겨났었어요. 당신이 잡스만큼 유명해요? 그만큼 잘났어요? 알잖아요, 절대 아니라는 거. 근데 왜 잡스도 어쩌지 못한 아랫것들을 소유하려고 해요?

사장의 자리가 고독한 건 맞는데, 고독마저도 갈무리하며 웃는 게 사장이에요. 그러려고 월급 더 받고 차 받고 법인카드 받고 그런 거잖아요. 권력은 다 누리면서 왜 평직원처럼 삐지고 감정 내비쳐요? 거참 이상하네⋯⋯. 그럴 거면 법인회사 말고 개인사업자로 돈 버시든가. 싫은 건 피하면서 왜 좋은 건 다 가지려고 해요?

집에 가야 할 시간.
_「래빗네 크리스마스 파티 이야기」 중에서

욕심부리는 게
뭐 어때서

"언제 고백하면 좋을까요?"

"지금 집을 사도 괜찮을까요?"

"올해 안에 퇴사하고 만다!"

　누구나 '무엇무엇을 하겠다'라는 계획이 있다. 중요한 건 때다. 짝사랑하던 그에게 고백을 했다. 그 역시 그녀를 남몰래 좋아했노라고 고백한다. 그녀는 그의 손을 꼬옥 잡으며 "그러면 오늘부터 1일인 거다!"라고 행복하게 웃으며 말한다. 그런데 다음 날 남자는 입대. 이렇게 되면 상상 속의 남친 수준이다. 남친이 있는 것도 아니고 없는 것도 아니다. 좋은 거라곤 남친이 오매불망 전역일만 계산할 테니 사귄 지 100일, 200일, 300일을 칼같이 기억하는 거 정도?

피할 수 없으면 즐길 게 아니라 피할 길을 찾으면 된다.

당신은 다치고 아파서는 안 되는 사람이니까.

때가 중요한 게 그런 일뿐이랴. 엄마랑 아빠가 한창 싸우고 있는데 "엄마, 이번 주 용돈 왜 안 줘요?"라 말한다면 보나 마나 "넌 누굴 닮아서 엄마 걱정은커녕 돈만 밝혀!"라며 등짝이나 맞을 게 뻔하다. '답답한 이놈의 회사 때려치우고 말겠어!'라고 사직서를 제출했는데 갑자기 '전 직원 인센티브 지급 확정!' 이래 버리면 또 얼마나 배가 아픈가. 어머니 친척의 딸내미 예식장에 갈 때 식권을 받고 밥을 언제 먹느냐, 그때도 참 중요하다. 사촌 말고는 친척을 어떻게 부르는지 촌수 계산도 안 되는데 어머니 친척의 딸내미는 하필 교회에서 결혼을 한다. 식을 다 보고 밥 먹으러 가자니 내 결혼도 아니고 목사님은 부흥 집회하고 계시니 언제 내려갈지 눈치 보인다. 기도할 때 내려가야지 했는데 우물쭈물하다가 타이밍 놓치고, '지금 가면 아는 사람 없겠지?' 하며 때를 노리다가 결국 엉겁결에 사진까지 다 찍고 내려가니 앉을 자리도 없다.

어릴 적 친구 집이나 친척 집에 놀러 가면 어린 나이로는 판단하기 힘든 일이 더러 있었다. "늦었으니 저녁 먹고 가렴", "늦었는데 자고 가. 엄마한테 전화해줄까?" 뭐 이런 거. 어떤 분은 진심으로 아들 친구에게 밥 한 끼 먹이고 재우고 싶을 수도 있으나 '밥때 다 됐는데 집에 안 가니?'라고 생각하며 밥 얘기를 꺼낸 것일 수도 있다.

예의상 밥이나 먹고 가라고 한 말인데 "마침 배도 출출했는데 잘됐네요. 상 차리는데 제가 뭐 도와드릴 건 없나요?" 이런 식으로 나오면 적잖이 곤란하다. 엄마 맘은 이렇다. '대충 먹고 치우려고 했는데. 하아…….' 친구가 저녁을 맛있게 먹고 돌아가면 우리의 어머니들은 자식에게 꼭 이런 말씀을 남기신다. "밥때 되면 알아서 집에 가는 게 예의야. 너는 딴 데 가서 밥 먹고 가란다고 해서 넙죽 얻어먹지 말고 일찍일찍 들어와! 알았지?"

어머니들이 대접에 인색하시거나 집에 쌀이 없고 먹을 게 뚝 떨어져서 그런 게 아니다. 피곤하거나 힘들 땐 밥이고 자식이고 자식친구고 뭐고 부담스러울 때가 있다. 어느 날은 아무것도 않고 쉬었으면 하는 때도 있고. 그런 때가 겹치면 졸지에 넉살 좋아서 친구 집에서 밥이나 얻어먹고 가는 눈치 없는 녀석이 되어버린다.

대충 봐도 때가 참 중요하다. 어쩌면 무엇을 하는 행위보다 그 행위를 언제 하느냐가 더 중요할지도 모른다. 사과나 고백처럼 마음을 담아야만 하는 것은 특히 그렇다. 잘못에 대한 사과는 진정성 있는 내용도 물론 중요하지만, 언제 하느냐도 무척 중요하다. 사고 친후 3년쯤 지났는데 "사실 그때 내가 미안했어"라 말하면 "뭐? 무슨 얘기야?"라는 소리나 들을 거다. "말하지 못했는데……. 이제 용기

를 내려고. 나 너 정말 좋아해. 아니, 사랑해"라고 고백했는데, "그
것 때문에 보자고 한 거였어? 미안한데 첫째가 어린이집에서 돌아
올 시간이라 먼저 일어날게" 이런 상황이 되면 얼마나 가슴 아픈가.

가장 좋은 때라는 건 늦고 빠르고의 개념이 아니다. 가장 좋은 때
는 딱 그 순간뿐이다. 사과해야 할 때, 고백해야 할 때, 안아줘야 할
때, 딱 그때 그 순간. 가장 좋은 때가 지나면 늦은 때가 되는 거고,
아직 준비되지 않았다면 너무 섣부른 때가 되어버리는 거다. 사람
마다 상황마다 제각각이니 정확한 기준을 세우기도 모호하다. 어른
들은 그런다. '조금 아쉬울 때'가 가장 좋은 때라고. 친구랑 더 놀고
싶을 때 얼른 "안녕히 계세요" 인사하고 나오라고, 더 먹고 싶을 때
그만두면 위에 부담이 안 된다고, 뽀뽀 말고 다른 것도 더 하고 싶
을 때 그만두고 귀가하라고.

어른들 말씀도 맞다. 조금 아쉬울 때 그만두는 행동에는 절제의
아름다움과 인내의 지혜가 담겨 있다. 그런데 나는 몸만 큰 어른이
고 어디까지나 내 위주로 생각하고 행동한다. 일단은 내가 기준이
다. 아닌 말로 내가 불행한데 상대가 행복하면 무슨 소용인가. 나부
터 행복해야 불행한 이웃에게 관심을 보이며 도울 수 있다. 절제라
는 건 무언가 풍족하고 가득 차야만 가능하다. 아니라고? 절제는 궁

핍한 가운데서도 참는 거라고? 웃기지 말라고 하자. 내가 지금 온종일 굶었어. 근데 옆에 한 끼 굶은 사람이 있어. 그렇다면 내가 먹는 걸 절제하고 한 끼 굶은 사람을 위해 먹을 걸 양보할 수 있을까? 절제는 없는 상황에서 하는 게 아니다.

절제의 대명사 마시멜로 실험을 보자. 마시멜로를 먹지 않고 참으면 한 개를 더 주겠다고 했더니 참았던 애들이 나중에 커서 더 좋은 대학 가고 취직도 잘하고 연봉도 빵빵하더라, 이게 마시멜로 실험의 결과다. 여기에서 분명한 건 '참으나 안 참으나 마시멜로 한 개는 내 꺼!'라는 거다. "참으나 안 참으나 마시멜로는 안 줄 거야"라고 했다면 실험에 참여할 이유가 없다. 절제라는 건 돌아갈 길이 있고 손에 잡히는 게 있는 상태에서 하는 거다. 아무것도 없으면 절제가 아니라 놓치는 것일 뿐이다. 더구나 최근엔 마시멜로 실험의 결과를 부정하며 절제보다는 누리며 살아가는 환경이 아이의 긍정적 성장과 성공에 더 영향을 끼친다는 주장이 제기됐다. 나는 후자에 손을 들어주고 싶다.

내가 행복하다면 계속해도 된다. 불행하다면 그만둬야 할 때다. 그와 함께하는 게 행복하다면 고백해야 한다. 물론 고백했다가 괜히 어색해져서 연인도 아니고 친구도 아니고 아무것도 아닌 존재

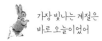

가장 빛나는 계절은
바로 오늘이었어

가 되어버릴 수도 있다. 그 결과를 놓고 보자. 속 시원히 고백해서 내가 좋으면, 내가 행복할 수 있다면 그냥 고백하는 거다. 친구로도 남아 있을 수 없다는 게 두렵다면, 그게 신경 쓰인다면 고백 따위 하지 말고. 그런데 고백도 못 하고 상대가 다른 사람 만나는 걸 보기 싫고 배가 아프다면? 내 배가 아프면 고백하자. 내 배가 아픈 거지 그 또는 그녀 배가 아픈 게 아니잖은가.

퇴사를 두고 한참을 고민했다. 사실 다른 이가 볼 때 굳이 퇴사할 필요는 없었다. 퇴사할 이유가 없었다. 버티고 참으면 조금이나마 더 나은 무언가가 있을 수 있었다. 미움받거나 등 떠밀려 제발 나가라고 한 상황도 아니었고. 그래서 퇴사한다고 했을 때 다들 놀랐다. 다들 "네가 왜?"란 반응이었으니까.

오래 고민했다. 무식한 편이고 뚝심 있는 편이고 수많은 말 사이에서 참고 참으며 버텼다. 그런데. 행복하지 않았다. 재미없었다. 아, 제발 이쯤에서 "일을 재미로 하느냐, 우리 때는 이를 악물고 버티면서 신화를 이뤘다"라고 하실 분들 있으면 그냥 가던 길 가주세요. 쓰던 신화 마저 쓰시고요. 아, 그런 분들은 사실 이런 책 들춰보지도 않을 테니 패스.

때는 아무도 모른다. 언제가 가장 적합한 때인지는 모든 상황이

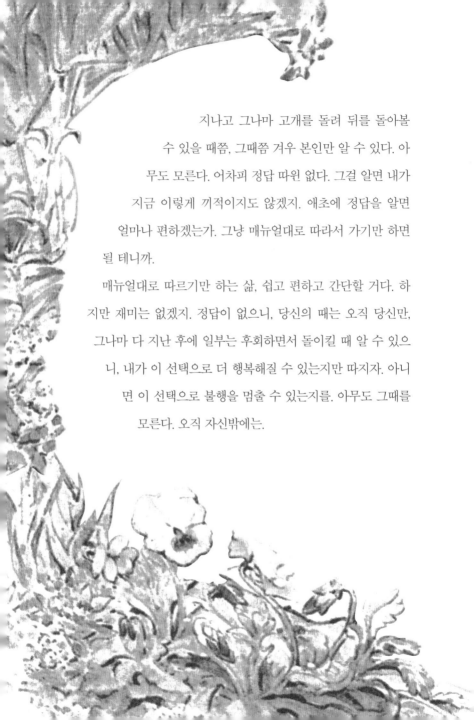

지나고 그나마 고개를 돌려 뒤를 돌아볼 수 있을 때쯤, 그때쯤 겨우 본인만 알 수 있다. 아무도 모른다. 어차피 정답 따윈 없다. 그걸 알면 내가 지금 이렇게 끼적이지도 않겠지. 애초에 정답을 알면 얼마나 편하겠는가. 그냥 매뉴얼대로 따라서 가기만 하면 될 테니까.

매뉴얼대로 따르기만 하는 삶, 쉽고 편하고 간단할 거다. 하지만 재미는 없겠지. 정답이 없으니, 당신의 때는 오직 당신만, 그나마 다 지난 후에 일부는 후회하면서 돌이킬 때 알 수 있으니, 내가 이 선택으로 더 행복해질 수 있는지만 따지자. 아니면 이 선택으로 불행을 멈출 수 있는지를. 아무도 그때를 모른다. 오직 자신밖에는.

덧⁺

어린아이일 땐 선택이 쉬웠다. "콩 싫어요", "응가 마려워요", "이제 잘래요", "안아주세요", "선생님 사랑해요" 등. 유치원 선생님께서 스케치북을 주시고 공놀이하는 모습을 그려보라고 할 때 왜 공놀이인지 달리기는 안 되는지, 공놀이하는 남녀 성비는 어떻게 하고 포장된 운동장으로 할지 잔디구장으로 할지 고민하지 않았다. 그저 "네!" 하고 그렸을 뿐이다.

어렸을 땐 오히려 때를 잘 알고, 고민 없이 더 정확한 선택을 했다. 아마도 본능과 재미와 자신의 행복을 기준으로 했기 때문일 거다. 생각하고 따질 게 별로 없었다. 어른이 되어가면서 어렸을 적의 능력을 잃어가는 것 같다. 어릴 때처럼 단순하게, 본능과 재미와 내 행복을 위한 선택을 하자. 그때가 가장 좋은 때일지 모른다. 어차피 사는 건 힘들다. 남들 의견에 따라 꾹 참고 재미없게 사는 것보다는 내 판단으로 힘들지만 조금이라도 재밌는 게 낫다.

그리고 그곳엔 모두를 즐겁게 만드는 무언가가 있었다.
_「진저와 피클스 이야기」 중에서

압니다,
지금 이 길이 미련한 길이란 걸

줄곧 종이밥을 먹으며 살아왔다. 출판사에서 출판인으로 책을 만들고 팔며 살아왔단 얘기다. 어떤 때는 썼고, 어떤 때는 그렸고, 어떤 때는 편집을 했고, 어떤 때는 이런 책이 있다는 걸 알리고 목이 터지라 홍보하며 팔기도 했다.

구구단을 외울 정도의 지적 수준을 지닌 이가 보기에 종이밥을 먹는 건 그다지 희망적이거나 재밌지는 않을 거로 안다. 맞다. 출판사에서 일하는 이들 중 반 이상은 미련한 사람들이다. 보통 한글이 아닌 다른 나라 말로 된 책을 읽으며 이 책이 좋네 나쁘네 평가하면서 번역은 잘했네 못했네 따질 수 있는 정도의 사람들이 출판사에 들어오는데, 다들 미련한 사람들이다. 그 정도의 외국어 능력이나 공부했던 걸 떠올리면 눈부신 미래가 벼락처럼 쏟아질 법도 한데 굳이 왜. 종이밥을 먹는 내내 고학력자임에도 미련한 이들을 여럿 봤다. 아마 공부만 잘했고 사회생활은 영 몰랐나 보다. 출판에 뛰어들다니.

그런 이들은 재학 시절 도서관에서 사서를 돕는 일을 했거나, 도서관에서 수많은 책을 대출받아 읽고 느꼈다거나, 그도 아니면 책이 너무 좋았다거나 하는 부류다. 아니면 자신이 주도적으로 사람과 사람을 잇고 단 한 명이라도 감동시킬 수 있는 일을 찾았거나. 어쨌든 다 바보들이다. 그래서 어쩌라고. 죽을 둥 살 둥 공부하고 대학 갔으면 돈이 되는 일을 해야지, 결국 돌고 돌아 지가 좋아하는 먼지 나는 책에 묻히는 일을 하다니. 이런 쯧쯧쯧. 야, 이놈들아, 도대체 언제 사람 될래? 책이나 붙잡고 책이나 만지고 있어서 시집은 가겠냐? 장가는 가겠어? 글 뜯어 먹고 책 뜯어 먹고 살 거냐? 밥이 나오기를 해? 아이고, 이 바보 놈들아.

「진저와 피클스 이야기」, 이거 읽는데 갑자기 나와 동류인 종이밥 먹는 이들이 떠올랐다. 「진저와 피클스 이야기」를 읽다 보면 사실 무슨 소린지 잘 모르겠다. 도대체 작가는 무슨 말이 하고 싶었던 건가 싶다. 읽다 보니 잡화점을 운영하는 동물 친구들이 마케팅도

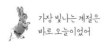

모르고 매출과 영업이익, 재고 및 고객 관리에 대해 아무것도 모르는 바보 같다는 생각이 들었다. 이쯤 되면「진저와 피클스 이야기」를 안 읽어본 사람들은 "동물 친구들에게 마케팅이니 뭐니 하는 잣대를 들이미는 건 너무 속된 어른의 시선 아니냐?"라고 따질지도 모른다. 맞다. 그런데 보다 보면 어리숙한 잡화점 주인이 외상매출 탓에 결국 폐업하는데, 소비자들은 그러거나 말거나 자영업자의 몰락에 대해 너무 무신경한 모습을 보인다.

누누이 얘기했듯 피터 래빗의 세계는 아름다운 동물 나라 이야기가 아니라 그리스 로마 신화처럼 현실보다 더 현실 같은 세계다. 동화랑 그리스 로마 신화가 무슨 상관이냐고? 그리스 로마 신화를 봐라. 거기 등장하는 신들은 죄다 인간보다 더 속 좁고 지질하고 바보 같고 멍청해 보인다. 특히 신들 중 1등 먹는 제우스 봐라. 부인이 버젓이 눈 뜨고 있는데 예쁘고 맘에 들면 막, 막……. 가장 난봉꾼인 녀석이 가장 높은 신이라니. 이런 녀석이 현존했다면 전자발찌 차고 평생을 감옥에서 썩어도 모자랐을 것이다. 그런데 신이란다. 분명 거기에는 이유가 있다. 신이라는 존재도 이리 못났으니, 사람이 비루한 건 당연하다는 거. 우리는 그 정도는 아니잖냐고, 그래도 우리는 인간으로서의 존엄은 지킨다는 거. 그게 아니라면, 신이 인간의 거울이 되어 결국 인간이란 이렇게 속되고 비루한 존재라는 걸 보여주는 건지도.

결국 다 힘들게 산다는 얘기다. 일부러 돌아왔다. 나도 종이밥을 먹어왔다. 다산의 상징 제우스는 권력이라도 있었다. 부인에게 맨날 혼나고 눈치 보느라 비상금도 못 숨겼을 것 같은 소인배지만 막 천둥도 날리고 아들이 여럿인데 다들 싸움 잘하고 능력도 있다. 그런데 같은 일을 하는 출판인들을 보면 '아이고, 세상 미련한 놈들 같으니……' 싶을 때가 없지 않다.

어쩌겠는가. 책이 좋은걸. 글이 좋은걸. 글자만 보면 읽고 싶은걸. 따지고 보면 사람의 삶에서 미련한 줄 알면서도 그 길을 걸어가는 게 출판 분야뿐이겠는가. 어떤 일이건, 어떤 업종이건 미련하다는 걸 알면서도 걸어가는 이들이 많다. 결국 그런 또라이들이 세상을 바꿀 것임을 안다. 당장 예측되고 안전한 길은 누구에게나 보이고, 누구든 알 수 있다.

미련하고 또 미련한 길은 그 길 끝에 있는 열매가 무엇인지 볼 줄 아는 사람에게만 보인다. 당장 발 앞이 보이는 길은 안전하다. 안개에 가려진 길 너머에 무엇이 있는지는 아무도 모른다. 불안하다. 보장되지 않는다. 두렵다. 하지만 해가 뜨면 안개는 사라진다.

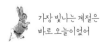

안개는 새벽에 깃들고 우리는 한낮을 향해 나아간다.

안개에 싸였다 해서 길이 없는 게 아니다. 안개는 길을 지우는 게 아니라 시야를 흐리게 할 뿐이다. 볕이 들면 따스함 아래 안개는 사라지고 길이 보인다. 짙은 안개 너머는 아무도 볼 수 없다. 결국 우리는 눈에 보이지 않는 것들을 눈에 보이는 것처럼 믿고 발을 내딛는 수밖에 없다.

안다. 안개 너머 길이 끊겼을까 봐, 벼랑일까 봐 무섭다는 거. 가장 나쁜 건 무섭다는 걸 티 낼 수 없고, 무섭다는 감정을 나눌 사람조차 없다는 것임. 다들 자기 길 가기 바쁘니까. 역설적이게도, 그 겁나는 길을 홀로 걷다 보면 나처럼 겁나는 거 꾹 참고 같은 길을 건너는 이들을 많이 만나게 된다. 나도 무섭고, 상대도 무섭다. 같이 걷는다 해서 무서움이 사라지는 건 아니지만, 길동무가 생기는 거다. 길동무가 있으면 어려운 길을 천천히, 하지만 더 멀리 갈 수 있다.

그렇게 꾸준히 가다 보면 내가 남긴 발자국이 뒤따르는 이들에게는 이정표가 될 거다. 그렇게 안 된다면? 그렇게 안 되면 또 뭐 어때? 내가 택한 길이다. 미련해도 내가 택한 길이라면 여행을 마친 후 만족감이 찾아오기 마련이다. 어른이란 그런 거다. 갈 길을 자기가 결정하고, 여행을 마친 후 자신만의 여행기를 남기는 것. 내가 선택한 길은 남들 눈에 미련해 보일지 몰라도 나에겐 충만한 길이다.

덧 ⁺

직종, 직군보다는 사람의 태도가 더 중요하다. 거룩한 작업에 몸담은
속물도 있고, 작업은 낮은 곳에 있으나 거룩한 마음으로 임하는 현자
도 있는 법이다. 작업에는 귀천이 있다. 귀한 마음으로 하느냐, 천한 마
음으로 월급 루팡이 되느냐 하는 차이도 있고 말이다.

누군가에게 고맙다면 마음을 빚진 거야.

우리 함께 행복하고 느긋한 빚쟁이로 사는 건 어떨까?

"잠꼬대 같은 소리 좀 그만해요. 무슨 말을 하는 거예요, 이 실
없는 양반아!"
"자루 안에 있다니까! 아기 토끼 하나, 둘, 셋, 넷, 다섯, 여섯 마
리가!"하고 맥그레거 씨가 대답했다.
                                    _「플롭시 버니네 아이들 이야기」 중에서

오늘도
신세 좀 지겠습니다

20대 초반, 그림을 그만두고 신학을 해야 하는 게 아닐까 진지하게 고민한 적이 있다. 결론은 '목사는 아무나 하는 게 아니니 닥치고 그림이나 제대로 그리자'였다. 대학 진학 때문에 시골에서 혼자 올라와 대한민국의 수도 서울특별시에서 쓸데없는 짓과 쓸데없는 고민과 쓸데없는 방황을 하며 보냈다. 서울에는 나 같은 사람이 참 많이도 모여든다는 걸 느꼈다. 대학 합격보다 대학 기숙사에 합격하는 게 더 힘들었다. 후보 몇 번쯤이었는데 앞에 계시던 후보님들이 다행히 좋은 월세를 얻으셨는지 나에게도 기회가 왔다. 얼마나 다행인지 모른다. 그런데 기숙사에는 최장 2년만 있을 수 있어서 후에는 자취를 해야 했다. 옥탑방의 로망 같은 거, 봄가을엔 맞는데 여름과 겨울엔 틀렸다. 겨울엔 화장실 변기에 앉는 것조차 힘들었다. 너무 추워서 내 엉덩이에게 미안했다.

출판 쪽에 몸담은 사람들 특징이 푼돈 버는 주제에 엥겔지수가 무척 높다는 거다. 작가들을 만나 먹고 마시는 것도 그렇지만 직원끼리도 그렇다. 책과 커피와 술이 무슨 상관관계가 있는지 모르겠지만 여하튼 그렇다. 나 역시 그런 편이다. 늘 똑같은 옷을 입더라도 먹는 것만큼은 챙긴다고 해야 하나. 별 볼 일 없는 몸뚱이야 대충 가리면 되는데 눈과 귀와 코와 혀로 즐기는 미각만큼은 양보할수 없다. 푼돈 버니 다행이지 많이 벌기라도 했으면 주말마다 먹으러 다녔을 듯.

수년 전 어느 날, 한적한 초밥집에 갔다. 식당에 갈 땐 마음을 비우고 가는 편이다. 인터넷에 맛있다는 말들이 넘치고 TV에 소개됐다 한들 직접 먹어보기 전까지는 믿을 수 없다. 그런데 그 초밥집은 메인이 나오기도 전에 나오는 자잘한 밑반찬만 보고 소주를 주문했다. 기본 상차림만 봐도 그 집의 맛이 어떨지 짐작할 수 있다. 아니나 다를까 초밥도 훌륭했고 어묵탕은 지금껏 방문했던 수많은 이자카야를 떠올려봤을 때 전혀 빠지지 않을 만큼 일품이었다. 난 맛있는 걸 먹으면 아주 자연스럽게 염화미소를 띄운다. 나와 가까운 이

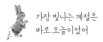

들은 첫술을 떴을 때의 내 표정만 봐도 그 식당의 재방문 의사를 알아차릴 정도다. 음식에 공이 들어가고 맛도 있는 집에서 첫술을 뜨면 세상에 나처럼 인자한 사람이 없다. 얼굴 전체가 웃음이 된다. 이런 좋은 음식을 만들어주신 분께는 마음을 다해 "정말 맛있습니다"라고 말하거나 감사를 표한다. 그날도 표정에 진짜 맛있다고 써놓고 먹었다. 그 초밥집은 오너 셰프가 운영하는 곳이었고, 마침 손님도 없었다. 그래서일까. 내 표정을 본 오너가 직접 나와서 자부심 가득한 표정으로 음식에 대해 이런저런 얘기를 들려주셨다. 조금 가까워진 기분이 들었다.

얼마 후 초밥집을 다시 찾았다. 그날도 손님이 거의 없었다. 실내에는 미대 입시를 준비하는 학생의 것으로 보이는 작품이 여럿 걸려 있었다. 그림을 눈여겨보는 걸 알아챈 오너 셰프께서 딸이 그린 것들이라 하셨다. 더 큰 가게를 했는데, 딸내미 예고 보내느라 가게 크기가 반 토막이 됐다고 농담인지 진담인지 모를 말씀을 하고는 웃으셨다.

나는 시골 촌놈이고 동네에 예고 같은 게 없었다. 아니, 난 예고라는 게 있는지도 모르는 시커먼 촌 남학생이었다. 예나 지금이나 예체능에는 많은 돈이 든다. 고2 여름을 앞두고 갑자기 미대를 가겠다고 했을 때 어머니 표정이 밝지만은 않으셨다. 의대에 진학한 형의 책값보다 내 물감값이 더 비쌌다. 형은 장학금을 받고 있었다. 딸 덕분에 가게 크기가 줄었다고 웃으며 말씀하시는 오너 셰프의 표정에서 "저 미대 갈래요"라 말했을 때의 어머니 표정이 잠깐 스쳐 지나가는 듯도 했다. 형이 대학에 진학할 때쯤, 후에 알았지만 우리 집이 조금 힘들었다고 한다. 형은 대한민국의 수도 서울특별시에서도 좋은 대학에 갈 수 있었는데, 어머니께서 지방 국립대 의대를 가라고 하셨다고 한다. 형은 나랑 달라서 아마도 "네, 어머니" 했었나 보다. 늘 무협지만 끼고 살던 형이 갑자기 의사가 된다고 해서 뒤통수 맞은 기분이었는데, 그런 내막 아닌 내막이 있었다. 공부 좀 하라고 맨날 짜증 내고 성질부리던 형이 의사라니 상상도 할 수 없을 때였다.

　형이 "네, 어머니"라 했을 시점에 난 "합기도 배우고 싶어요"라 말씀드렸다가 어머니께 지청구를 듣고 "도장 보내줄 돈도 없는 거냐"라고 싸가지 없게 대들었다. 남자 고등학교에 몇 되지도 않는 미대 진학 희망자들이 모인 미술반에서도 점심시간에 그림은 안 그리고 쌍절곤이나 휘두르다 미술 선생님께 욕먹던 시절이었다. "네, 어머니"라고 별말 없이 어머니 말을 따른 걸 보면 장남은 뭔가 다르

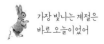
가장 빛나는 계절은
바로 오늘이었어

긴 다른가 보다. 아들이라고 달랑 둘밖에 없는데 우리 집에서 형은 늘 '장남'으로 통했고 난 둘째가 아니라 '막내'로 불렸다. 뭐, 내가 부모님 보시기에 예쁘고 애교가 많아서 막내로 불렸다고 치자. 부모님 모르는 사고를 좀 치긴 했지만 어쨌든 부모님 앞에서 애교가 많은 건 형이 아니라 나인 건 사실이니.

기억이 가물가물한 오래전 일이다. 라디오에 재밌는 청취자 참여 코너가 있었다. 단발성으로 진행된 건데 사전에 라디오 연출진과 남성 청취자들이 말을 맞췄다. 그러고는 남성 청취자가 아내에게 전화해서 "여보, 나 로또 1등 당첨됐어!"라고 거짓말을 한 후 수화기 너머 아내의 반응을 생중계하는 코너였다. "여보, 나 버리면 안 돼"부터 "얼른 집에 들어와!" 등 정말 다양한 반응이 등장했는데, 잔뜩 기대에 부풀었던 아내들은 '사실은 거짓말이다'라는 남편의 말에 실망을 감추지 못했다. 하늘까지 오를 듯한 기쁨과 환호에서 바닥까지 처박히는 실망감, 그 아득한 감정의 간극이 청취자들에게는 웃음을 안겼다. 그러다 한 분의 반응이 마음에 박혔다. 로또 1등 당첨됐다는 남편의 말에 아내의 첫 반응은 이랬다.

"그럼 우리 애도 이제 학원 보낼 수 있겠네?"

아내이자 엄마의 입에서 나온 그 말에, 괜히 울컥하고 뭔가 차

올라서 짐짓 딴청을 피웠던 기억이 난다. 그날의 라디오 사연을 다른 이들에게도 전했는데 말을 전할 때마다 뭔가 울컥해서 힘들었다. 어머니께서 언젠가 내 앞에서 "굽은 나무가 선산을 지킨다던데……"란 말씀을 하셨던 것도 떠올랐다. 곧고 잘난 나무는 베어져 큰 집의 기둥이 되지만, 굽고 못난 나무는 끝까지 남아 선산을 지킨다는 소리다. 난 분명 굽고 못난 나무였는데 스스로 뿌리를 뽑아서 멀리멀리 떠나버린 경우였다.

군이 옛이야기를 끄집어냈는데 나이가 더 들었다 해서 부모님을 호강시켜드리거나 보란 듯이 무언가를 해드린 게 없다. 늘 "조금만 기다려봐요. 제가 내년에는 막, 아주 그냥 막!"이라는 말만 10년 전쯤부터 반복하고 있는 듯하다. 별수 없다. 낯짝을 더 두껍게 하고 오늘도 신세를 지고, 내일도 신세를 지는 수밖에. 내가 신세를 지고 있는 사람이 비단 부모님뿐이겠는가만, 마음의 채권 1순위가 일단 부모님이니 후순위 채권자들에게 진 빚은 차차 갚아나갈 일이다. 결국 난 평생 빚쟁이로 사는 수밖에 없다. 다만 도망가지 않고 파산 신청도 하지 않으며 끝까지 그 마음들을 갚아나갈 생각이다. 당장은 이자나 겨우 갚는 신세다.

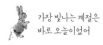

덧⁺

올해 봄, 갑자기 그 초밥집이 떠올랐다. 가까운 신도시에 오픈한 다른 초밥집을 단골 삼기도 했고, 내가 이사한 후라 멀어져서 안 가기도 했다. 불치병 수준의 길치인 덕에 내비게이션으로 가게 이름을 검색했다. 그 자리 그대로 바로 뜬다. 반가운 마음에 찾아갔는데 몇 번이나 갔던 집인데도 못 찾고 주변을 뱅뱅 돌았다. 네 바퀴쯤 돌고 나서야 그 초밥집이 없어진 것을 알았다.

그만큼 시간이 흘렀으니, 예고 다닌다던 따님은 이제 미대생이 되었을 것이다. 색종이를 반 접고 다시 반을 접듯 따님 뒷바라지 때문에 가게가 반으로, 반으로 접혀 없어진 게 아니라 너무 맛있어서 더 크고 더 좋은 곳으로 이전하신 거 아닐까 생각했다. 그날 다른 맛집을 발견하지는 못했고 나는 소주를 마셨다.

"내가 눈치를 줄 만큼 줬잖아." 고양이가 로빈슨에게 말했다.
"그게 아니면 뭣하러 너에게 꼬박꼬박 밥을 주고 살을 찌웠겠
어? 그만 징징거려, 바보 꼬맹이! 울음 뚝 그치고 잘 들어. 숨쉬
기만큼이나 쉬운 일이니까. 너 노는 저을 수 있잖아."

_「꼬마 돼지 로빈슨 이야기」 중에서

그만 징징거려,
바보 꼬맹이!

만나면 참 힘든 사람이 있다. 풍랑이 일기 직전의 한껏 흐린 날씨 같은 사람. 힘들다는 말을 우박처럼 쏟아내고 불만을 노래처럼 쏟아내는 사람. 나는 만선의 꿈을 꾸고 있는데 항상 풍랑주의보를 읊조리는 사람. 결국 관계는 기계적으로 변하고 서먹하게 멀어지다 마침표를 찍는다.

반면 그저 바라만 봐도 기분이 좋아지는 사람이 있다. 그에게 어울리는 색이라면 풋사과의 상큼한 연두, 날씨라면 해갈의 봄비다. 날 위해 항상 웃어주지만 가끔 벼락을 내릴 때가 있다. 예컨대 "그만 징징거리고 정신 차려!"라고 할 때.

징징대는 사람에게 적당히 하라고 따끔하게 말하는 거, 어렵다기보단 싫다. 싸우기보단 피하는 게 쉽고 빠르니까. 낚시터에서 자리 옮기듯 저 사람은 징징 포인트니 맑은 포인트로 옮기자, 당연히 이게 쉽다. 내가 고기를 못 잡는 거라고 인정하기보단 포인트인 저 녀석이 나쁘고 잘못된 거라고 말하면 주변 사람들도 다 알고 있다는 듯 알아서 고개를 끄덕여주니까. 그런데 그거, 변명이다. 고개 끄덕인 사람들은 다 공범이고.

아니, 변명이라는 건 너무 가혹하니까 다시 말하자. 내가 들어주고 당한 게 얼만데, 억울하고 화나니까 피하는 것이다. 달리 말하자면, 징징대는 이가 내게 소중하지 않으니까. 피하는 게 빠르니까. "그만 징징거려, 바보 꼬맹이!" 이 말을 하기 위해선 상당한 에너지가 필요하다. 에너지의 대부분은 애정이다.

물론 손가락 하나 까딱 안 하면서 힘든 사람에게 막말하는 것으로 소임을 다했다고 생각하는 부류도 있으니(있으니 정도가 아니라 엄청 많으니) 로빈슨에게 어떤 일이 생겼는지는 짚고 넘어가자. 로빈슨, 우리의 귀여운 아기 돼지는 처음 만난 뱃사람을 따라 배에 오른다. 설마 배가 출발할 줄은 몰랐으니까. 꼬박꼬박 밥도 잘 챙겨줘서 좋은 사람인 줄 알았더니만 선장의 생일 파티에 부드러운 돼지 요리를 선보일 참이었던 것. 흑막을 알게 된 로빈슨이 구슬프게 눈

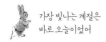

가장 빛나는 계절은
바로 오늘이었어

물을 흘리고 있으려니 고참 고양이가 와서 그런다. 적당히 징징대고 살길을 찾으라고.

여기서부터가 중요하다. 고양이는 배에서 탈출하는 법을 알려준다. 어디로 가야 하는지도. 그리고 선원들이 추격하지 못하도록 나머지 보트에 구멍을 뚫어놓겠다고 얘기한다. 그렇게 고양이는 로빈슨을 탈출시키고 정작 자신은 배에 남는다. 아기 돼지 로빈슨이 가야 할 곳은 삶, 고양이가 남아야 할 배 역시 고양이의 삶. 멋지다, 고양이.

말은 공기 중에 떠도는 먼지일 뿐이되 실천은 수고롭다. 수고로움을 감내하면서 닥치고 노를 저으라며 등을 미는 사람이 주변에 있다면 잘 살고 있는 거다. 그 사람에게 나는 소중하다. 누구의 삶에 책임을 지고 개입하는 거, 생각보다 피곤하다. 때 되면 밥 챙겨 먹는 것도, 스마트폰 충전하는 것도 귀찮아 죽겠는데 타인의 삶에 풍덩 뛰어드는 건 바닥을 모르는 바다에 몸을 던지는 것과 다를 게 없다.

그렇게 내 삶과 내 품으로 뛰어드는 사람은 그저 바라만 봐도 기분이 좋다. 고맙고 감사하다. 그러니 우리의 바보 꼬맹이들, 적당히 징징대고 살길을 찾자. 길이 잘 안 보이는 것과 아주 없는 것은 다르다. 어디에든 길은 있다. 문을 열고 들어온 건 우리다. 문 너머에는 길이 있다. 반드시.

덧⁺

혹시 오해할까 봐 덧붙인다. 길이 없지 않다고 했지 쉽다고는 안 했다. 고양이가 그랬다. "너, 노는 저을 수 있잖아? (노 젓는 거) 숨쉬기만큼 쉬워"라고.

알다시피 돼지는 앞발이 짧다. 우리의 로빈슨, 아기 돼지 로빈슨, 보트 타고 노 저어 탈출하는 거 정말 힘들었다. 짧은 앞발에 노가 닿아야 젓든 말든 하지. 그렇다고 노를 안 저으면 선원들에게 붙잡혀 베이컨이 될 운명이다.

이 와중에 "솔직히 말해봐. 너 노 저어본 적 없지? 노 젓는 거 정말 힘들다? 돼지의 신체 구조라는 게 그렇잖아. 앞발로 노를 잡을 수나 있겠어? 그래도 누굴 탓하겠니. 널 돼지로 낳은 엄마 아빠를 탓해야지. 안 그래?"라고 할 순 없잖은가.

어디에든 길은 있다. 하지만 어떤 길이든 어렵다. 처음이라 그렇다. 우리의 모든 것이 처음이다. 처음이라 어렵지만 처음이라 설렌다. 그러니 바보 꼬맹이들, 그만 징징대고 같이 가자. 모든 것이 처음이고 모두가 처음이다. 처음에는 서툰 게 정상이다.

PART 3

봄을 찾아
떠나는 방법

톰 키튼은 통통한 편인 데다 훌쩍 자라서 단추가 몇 개 떨어져
나갔다. 엄마는 단추를 다시 달았다.

_「톰 키튼 이야기」 중에서

알은
대신 깨줄 수 없다고요

성장하기 위해서는 부모님 곁을 떠나는 게 좋다. 정확히 말하면 나의 어릴 적 모습을 기억하는 이들과 멀어지는 게 좋다. 꿈을 이루고 사회에서 만족할 만한 위치가 되더라도 오랜만에 본 어른들이 기억하는 거라곤 코나 흘리고 사고나 치던 어릴 적 모습이다.

총과 미사일 같은 인간의 무기 정도는 우습게 튕겨버리는 슈퍼맨도 엄마랑 살면 아침에 신문사 출근할 때 이런 말 들을 거다. "차 조심해. 밥 잘 챙겨 먹고." 슈퍼맨과 접촉사고 나면 슈퍼맨이 아니라 차를 걱정해야 할 판인데 엄마는 아들 슈퍼맨 손 잡고 차 사고는 후유증이 무서운 거라고, 병원 가서 엑스레이 찍고 살핀 후 동네 침 좀 잘 놓는다는 한의원에 가서 목덜미랑 어깨에 침 놓아달라 할 것이다. 한약 짓는 것도 보험처리 되느냐고 물어보시면서.

이렇게 살뜰히 챙겨주시는 부모님을 떠나라니, 이 무슨 불효막심한 소리냐고 할 사람들 많을 거다. 성장을 위해 나의 어리고 부족한 모습을 알고 있는 이들을 떠나야 한다는 건, 비단 가정과 부모님에게만 국한된 문제가 아니다. 간단한 예를 들어보겠다. 신입사원 때 만난 과장님은 자신이 차장이 되고 내가 과장이 되어도 나를 어리게만 본다. 그가 차장으로 퇴사하고 내가 부장이 되어도 여전히 날 신입사원 때부터 '자기가 키운' 후배로만 기억한다. 어쩌다 옛 회사 사람들을 만난 술자리에서 이놈 저놈 하면서 신입사원 대하듯 한다. 불편한 기색을 내비치면 "어쭈, 너 많이 컸다? 너 그때 사고 쳤을 때, 너 대신 내가 부장한테 깨진 거 기억나, 안 나? 안 본 사이 너 좀 건방져졌다?" 이런다.

엄마 고양이가 톰 키튼에게 옷을 입힌다. 타고나길 통통한 데다 그새 부쩍 자라버려서 옷이 작다. 억지로 여미려고 하니 투두둑 하며 단추 몇 개가 떨어진다. 조금 이따 엄마 손님들이 올 참이라 엄마는 서둘러 단추를 단다. 그렇지만 작은 옷이 커진 건 아니다.

부모님을 비롯해 우리의 어리고 연약했던 모습을 지켜봐 온 이들에게 우리는 톰 키튼처럼 여겨진다. 그들의 생각 속에서 우리는 여전히 작은 옷이 맞는 꼬마에 불과하다. 그들의 생각이 작은 옷이라면 우리의 현실은 통통한 체질에 그사이 부쩍 자라버린 모습이다. 억지로 작은 옷과 생각을 입혀보지만 자연스럽지 않다. 단추가 떨어져 나간다. 바느질을 해서 단추를 달아보지만 임시방편일 뿐이다. 성장한 우리에게는 커진 몸에 맞는 새 옷이 필요하다.

부모님은 우리를 사랑하시지만 우리 삶을 대신 살아주실 순 없다. 우리가 부모님께 젊음을 드릴 수 없듯이, 부모님 역시 우리의 나이 듦을 책임지거나 대신 살아줄 수 없다. 문제는 우리를 너무나 사랑하시는 부모님은 우리를 대할 때 여전히 작은 옷이 맞는 꼬마로 생각하신다는 거다. "엄마, 전 날 때부터 통통한 체격인 데다가 키도 많이 컸다고요!"라 말씀드려도 "내 배에서 나왔으니 내가 가장 잘 알아!"라며 작은 옷에 억지로 팔을 꿰게 한다. 그러다 죄 없는 단추가 후드득 떨어진다. 부모님의 작은 옷과 현실의 내 몸 사이에서 떨어지는 단추는 부모님과 나의 갈등이다. 나에게 맞는 큰 옷을 입으려는 나, 작은 옷을 입히려는 부모님. 갈등이 생기는 건 당연하고 단추가 떨어지듯 다툼이 발생한다.

옷에도 죄가 없고, 단추에도 죄가 없으며, 부모님이 못 느끼는 사이 훌쩍 커버린 나 역시 아무런 잘못이 없다. 각자가 선의를 지니고 있되 각자 선의로 한 행동이 서로에게 상처가 된다는 건 아픈 일이다. 사랑하는 사람에게만 상처를 받는다고 말했다. 단추가 떨어지는 갈등은 나를 어리게만 보는 부모님과 부모님의 품을 떠난 사이 훌쩍 커버린 나 사이의 괴리에서 발생한다. 부모님은 내게 여러 벌의 옷을 입히면서 여러 번 단추가 떨어져도 내가 어른이 되어버렸다는 걸 쉽사리 인정하지 못한다. 몸과 마음이 커버렸다고 말하는 자식의 얼굴에서 사춘기 시절 세상을 다 안다고 나대던 모습이 겹쳐 보이기 때문이다. 자식은 자식 나름대로 힘들다. 밖에서 아무리 인정받고 큰소리쳐도, 집에만 오면 밥이나 제대로 챙겨 먹는지 걱정되는 철부지 취급이니 말이다.

가족에게 인정받는 것이 세상에서 가장 어렵다. 잠시 떨어져 있는 것이 오히려 서로를 여전히 사랑하면서 적당히 포기하게 하고 편히 마음먹게 하는 데 도움이 되기도 한다. 외국에 가면 누구나 애국자가 되고, 매운 라면이 얼마나 맛있는지 절감하게 된다. 부모님은 우리가 결코 떠날 수 없는 조국이자 고향이되, 잠시 멀어지면 더 고맙고 그리워지는 존재다. 군대에 간 아들들은 연병장을 구르다 함께 외치는 "어머니"에 닭똥 같은 눈물을 떨군다. 딸에게 '잔소리만 많던 엄마'는 결혼 후에야 비로소 '친정엄마'가 된다. 여자의

가장 빛나는 계절은
바로 오늘이었어

엄마와 시집간 딸의 친정엄마 사이에는 말로 표현 못 할 커다란 간극이 존재한다.

에둘러 말했다. 우리를 늘 사랑하시고 걱정하시는 부모님이기에 딴에는 조심스레 말하다 보니 이렇게 됐다. 부모님 세대와 우리 세대는 많은 것이 달라졌기에 우리가 부모님과 완전히 똑같은 길을 걷더라도 완전히 똑같은 방식으로는 살아갈 수 없다. 부모님은 나침반이 아니라 등대다. 우리 뒤에서 멀리까지 빛을 비추며 난파되지 않도록 도우신다. 하지만 나아갈 길을 정하는 건 우리 자신이다. 부모님의 빛을 뒤로하고 밤바다와 태풍을 향해 나침반을 들고 항해에 나서는 건 다름 아닌 우리다. 단추가 떨어지는 갈등과 아픔 없이 바다를 건널 수는 없다. 부모님 눈에는 여전히 지난여름에 사둔 작은 옷이 맞아 보일지 모른다. 하지만 우리는 매일 조금씩 자라고 있다. 모든 것을 부모님 뜻에 맞추며 작은 옷에 억지로 팔을 꿰고 매번 떨어진 단추를 바느질할 수는 없는 일이다.

정말로 부모님을 위하고 사랑한다면, 등대가 되시는 부모님을 뒤로하고 자신만의 나침반으로 새로운 나의 항로를 개척하자. 훗날, 길었던 항해를 마치고 추억 가득한 항구에 만선으로 돌아오면 된다. 아무리 먼 항해를 떠나도, 부모님은 등대처럼 늘 그곳에 계신다.

어차피 정답 따윈 없다.

내가 이 선택으로 더 행복해질 수 있는지만 따지자.

안심하고 떠나자. 못 미더운 등을 내보이며 떠나더라도 사랑하는
자식의 얼굴로 돌아올 거니까.

덧

새는 알에서 나오려고 투쟁한다. 알은 세계이다. 태어나려는 자는 하나
의 세계를 깨뜨려야 한다.

헤르만 헤세, 전영애 옮김, 『데미안』, 민음사, 1997년, 123쪽.

바꿔 말하면, '태어나기 위해선 단추가 떨어지는 일은 어쩔 수 없다'랄까.
하늘은 변함없지만 우리가 깨고 날아갈 창공은 부모님 세대의 창공과
같으면서 다르다. 길은 우리가 정하는 것이다. 알은 대신 깨줄 수 없다.

"미안해요. 나는 여기에 누군가 사는 줄 몰랐어요."
_「티미 팁토스 이야기」 중에서

다정도 병이라
잠을 못 이루겠네요

'때린 놈은 다리를 못 뻗고 자도 맞은 놈은 다리 뻗고 잔다'라는 옛
말이 있다. 죄짓고는 못 산다는 얘기다. 양심의 울림이 마음을 괴롭
히니 어찌 잠을 청할 수 있겠느냐는 얘기다.

옛날에는 그랬을지 모르겠다. 하지만 요즘은 때린 놈이 발 뻗고
숙면을 취한다. 피해자가 오히려 불면에 시달리며 고통스러워한다.
가해자들은 집 밖을 나설 때 양심을 검정 비닐봉지에 꽁꽁 싸매서
김치냉장고 아래 칸 저 깊숙한 곳에 넣어둔다. 이사하기 전까지 까
만 비닐봉지에 대체 뭐가 들었는지 몰라서 결국 상해 내다 버려야
할 정도로 잊어버리고 오랫동안 넣어둔다. 『별주부전』의 토끼 선생
은 목숨을 부지하려고 볕 잘 드는 곳에 간을 넣어서 말리느라 깜빡

했노라고, 미리 말했으면 용궁에 올 때 챙겨오지 않았겠느냐고 능청을 떨었다. 하지만 요즘의 가해자들은 염치라는 걸 모른다. 잘 먹고 잘 잔다. 급해서 돈 빌려 갈 때는 굽신대더니 갚으라 하면 돈 없다고 쨀 테면 여기 배꼽 아래 째보라는 이들처럼 주객이 전도된 지 오래다. 돈을 빌려준 사람만 잠을 제대로 못 이룬다.

때려놓고 밤잠을 설칠 정도로 염치와 양심이 있는 사람이라면, 아마도 늦기 전에 사과하고 자신의 잘못을 인정할 것이다. 잘만 자고 밥도 꾸역꾸역 잘 먹는 이들은 자신이 잘못했다고 생각하지 않는다. 이러면 안 되는 거 아니냐 따져 물었을 때 이들이 자주 하는 말은 "그게 왜?", "내가 왜?", "나한테 어쩜 이럴 수가 있어?" 등이다. 물에 빠진 사람 구했더니 보따리 속에 있던 1등 당첨된 복권을 네가 날름 먹은 거 아니냐고 멱살 잡을 사람들이다. 이런 사람들은 잘못된 일의 원인을 바깥과 남에게서 찾는다. 하긴, 피해자에게 잘못을 뒤집어씌우는 게 일상인 이들이니 뭐. 이런 악당은 옆에서 숨만 크게 쉬어도 "쟤가 숨을 너무 크게 쉬는 바람에 내가 이렇게 행동한 거예요!"라고 큰 소리로 변명할 게 뻔하다. 본인은 맹자 성선설의 살아 있는 표본이라 날 때부터 착한 사람인데 저 피해자가 괜히 도발했기 때문인 거다. 참으로 개가 풀 뜯어 먹는 소리다.

가장 빛나는 계절은
바로 오늘이었어

마음도 그렇다. 마음을 때린 악당이 도리어 큰소리친다. 마음에 피멍이 맺힌 이들은 오히려 뒤에서 눈물을 짓는다. 다친 이들이 조용히 삭이고 넘어가니 때린 이들은 자기가 잘한 줄 안다. 그런 일이 반복되면 다른 이의 마음을 다치게 하는 짓이 버릇이 된다. 나중에 누군가 따져 물으면 "아팠어? 그랬으면 진작 말을 하지. 아무 말 안 하니까 괜찮은 줄 알았지"라고 재빠르게 방패를 든다. 더한 경우 이런 말을 흘리기도 한다. "야, 근데 너 성격 보통 아니다? 그걸 다 기억하고 있다가 이렇게 한 방에 터는 거야? 너도 참 너다."

어떻게 확신하듯 말하느냐고? 어느 때의 누군가에겐 내가 가해자였고, 어느 때의 난 피해자였다. 항상 일방적일 수는 없고 일방적인 관계란 없다. 한 시대의 독자가 다음 시대의 작가가 된다는데, 한때의 피해자가 다른 때의 독한 가해자가 되기도 하는 법이다. 내가 무얼 알고 느껴서 가르치고 항변하는 게 아니라 나 역시 피해자이자 가해자인, 앞뒤가 다른 카드와도 같다는 거다. 앞과 뒤가 전혀 다를지라도 그 한 장이 결국 나다. 누구에게 돌을 던질 자격 같은 건 당연히 없다. 다만 못났던 것, 모났던 것을 일기처럼 드러내는 게 염치를 알아가는 길이란 걸 알 뿐이다.

말을 물가로 끌고 가도 물을 먹일 수는 없다. 학생을 억지로 끌고 와 의자에 앉혀도 공부를 시킬 수는 없다. 마시는 시늉, 공부하는 시늉뿐이다. 마시고 공부하려는 본인의 의지가 없으면 무엇으로도 안 된다. 아픈 사람은 병원에 가서 진찰을 받고 그에 맞는 치료를 받아야 한다. 이때 나으려는 의지가 있어야만 한다. 가장 중요한 건 스스로 아프다는 걸 인정하는 거다. "난 아프지 않아, 멀쩡해"라고 말하는 사람을 병원에 데려갈 방법은 없다. 병원은 아파서 가는 게 아니라 더 건강해지기 위해서 가는 거다. 스스로 아픈 걸 인정하는 것이 치료의 시작이다. 치료는 못난 걸 바로잡는 게 아니라 건강해진 원래의 몸으로 돌아가기 위해 받는 거다. 원래의 자리가 출발선이다. 원래의 자리로 돌아와야만 출발선에서 건강과 강함으로 나아갈 수 있다.

잘못을 저지른 후 사과하고 진심으로 뉘우치는 것도 강해야만 할 수 있는 일이다. 자신의 잘못을 인정하는 건 부끄럽고 자존심이 상하는 일이기 때문이다. 높은 곳에 오른 사람일수록 사과를 추락처럼 아픈 것으로 생각해 꺼린다. 높은 곳에서도 훌쩍 뛰어내려 다시 올라설 수 있다는 강한 사람만이 진심 어린 사과를 할 수 있다. 그리고 강한 사람만이 그런 사과를 받고 진정으로 용서도 할 수 있는 법이다. 중요한 건 진심 어린 사과가 앞서야만 진심 어린 용서도 할 수 있다는 것이다.

난 미워하는 사람이 두엇 있다. 나란 사람은 근본이 성실해서 일도 열심히 하고 누군가를 좋아할 때도 마음을 다해 좋아하지만, 싫어할 때도 우직하고 성실하게 싫어한다. 정말 싫은 건, 나는 그 사람들을 싫어하는데 그 사람들은 내가 싫어한다는 것을 실감하지 못한 채 편한 마음으로 깔깔댈 거란 사실이다. 난 맞았는데 때린 녀석들은 때린 사람이 한둘이 아니니 신경도 안 쓰고 잘만 자고 좋은 꿈을 꾸고 있다.

그래, 그들 말이 맞다. 나도 참 나다. 다짐하고 노력해도 안 바뀐다. 내가 안 바뀔 거라는 것도 알고 있다. 그러기에 노력하는 것이겠지만. 다정도 병이고 아픔도 병이다. 다행인 건 내가 아픈 사람이라는 걸 자각한다는 거. 그래서 치료의 시작이자 강함의 출발선에 섰으니, 아주 오래 걸리더라도 언젠가는 속 깊게 웃으면서 넘길 수 있지 않을까 가끔은 상상해본다는 거.

덧⁺

고려 시대의 문신 이조년은 「다정가」라는 시조 한 수를 남겼다. 애틋한 봄밤의 정서가 흘러넘치는 시다. 수백 년 전 다정도 병이 되어 잠 못 이루었던 분이 계셨다. 이 밤에 잠 못 드는 게 혼자가 아니라니 마치 다정이라는 병에 주파수를 맞춰 라디오를 청취하고 있는 수만의 애청자 중 하나가 된 것 같다. 서로 영향을 끼치지는 못해도, 하나의 얇은 전파에 귀를 기울이고 잠을 설치고 있다는 걸 떠올려보면 신기하고 은근 낭만적으로 느껴지기도 한다. 서로에게 힘이 될 수는 없을지언정 혼자가 아니라는 사실만으로도 벅찰 때가 있다.

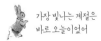

가장 빛나는 계절은
바로 오늘이었어

저녁 식사 자리에서 다툰 플롭시와 바운서 영감은 뜬눈으로 밤
을 지새웠다. 그리고 아침 식사 자리에서 또다시 티격태격했다.
바운서 영감은 토끼 굴로 손님을 들였다는 사실을 더 이상 부인
하지 않았지만 플롭시의 추궁과 책망에는 침묵으로 대응했다.
그날 하루는 무겁고 침울한 분위기 속에서 흘러갔다.

_「토드 씨 이야기」 중에서

도대체
왜 그랬어요

종종 침묵 뒤에 숨곤 했다. 사실 '숨는다'는 생각을 안 한다. 책망받고 다투는 상황은 내게 이부자리 아래 허리쯤에 깔린 모난 돌멩이 같은 거다. 그냥 누웠다가는 딱딱한 돌멩이에게 밤새 괴롭힘을 당하며 잠을 못 이룰 게 뻔하다. 좀 더 편한 자리를 찾게 되는데 그게 침묵이다. 도망가는 게 아니다.

하얀 눈밭에서 커다란 멧돼지 한 마리가 피를 흘리며 뛰고 있다. 겁에 질린 눈이다. 뚝뚝 흘러내린 피가 눈을 녹이며 훈김을 피워 올리고 있다. 동네에서 가장 사나운 사냥개 무리가 멧돼지를 무섭게 쫓고 있다. 곧 사냥개들이 멧돼지의 목덜미에 송곳니를 깊숙하게 박아 넣을 거다. 사냥꾼이 얼른 도착해서 말리지 않는다면 피를 맛본 굶주린 사냥개들은 멧돼지의 가장 연하고 약한 부위를 물어뜯을지도 모른다. 자신의 잘못 앞에 선 기분이 이렇다. 쫓기고 몰리는 듯하다. 그래서 조금이나마 편한 침묵의 동굴로 일단 피신하는 거다.

여기까지 얘기하면 사귄 지 얼마 안 된 여자친구는 "그렇구나. 오빠 그런 마음이었던 거구나" 하면서 들어준다. 시간이 좀 더 흐르고 그간 지은 죄가 쌓이면 인내심을 잃은 연인은 이렇게 말한다. "소설을 써라, 소설을 써. 뭐? 쫓기는 멧돼지? 지금 장난해? 뭐야, 너 또 삐진 거야? 할 말 있으면 뭐라고 말 좀 해봐. 할 말 있으면 해보라고! 봐봐, 삐졌네, 삐졌어. 넌 툭하면 삐지냐?"

그러면 나는 이런다. 되게 화난 척하면서 무서운 표정을 지어 보이는 게 포인트다. "야! 내가 지금 삐진 거로 보여? 그리고 너! 내가 친구야? 왜 반말하는데?"

날 때부터의 근력과 지구력 등은 남성이 앞서는 편이다. 그러나 힘이 센 남자는 어째서 매번 여자에게 지고 마는지 세계의 8대 불가사의다. 웬만해선 이길 수 없다. 그래서 더 화내면서 일단 헤어지는데, 결국 며칠 안에 남자가 빌게 돼 있다. 어쩌겠어. 다년간의 임상실험 결과 남성에게 귀책 사유가 있는 경우가 절대다수다. 이쯤 읽으며 속으로 '난 안 그런데? 나는 여친이랑 싸우면 내가 이기는

데?'라고 생각할 남자들 있으리라 본다. 그런 생각, 속으로만 하자. 여자친구랑 싸워서 이기는 거 자랑 아니다. 설령 이기더라도 혼자만의 비밀로 간직하길 추천한다.

절대적인 건 아니지만, 힘이 센 사람과 약한 사람이 싸운다면 힘센 사람 잘못이다. 단순히 무거운 걸 들고 빠르게 달릴 수 있는 육체적인 힘만을 말하는 게 아니다. 기득권이나 권력을 포함해서다. 경험이 많은 사람과 경험이 적은 사람이 싸운다면 경험이 많은 사람 잘못이다. 사장과 과장이 싸우면 사장 잘못이다. 남자와 여자가 싸우면 남자 잘못이다.

여기까지 읽고 나서 화를 낼 사람들은 힘을 지닌 사람들이다. 왜냐. 잘못한 거 없는데 싸웠을 때 더 '센 놈' 잘못이라고 약한 놈 편을 들어버리면 합리적이지 않아 보이니까. "저놈은 약한 척하면서 자기가 무슨 잘못을 했는지 모르고 있는데 왜 내 잘못이냐" 하고 따질지도 모른다.

하지만 생각해보면 단순하다. 힘이 센 사람과 약한 사람이 싸우면 힘이 센 사람이 이긴다. 약한 사람은 당연히 진다. 약한 사람은 힘이 센 사람과 싸우면 당연히 질 거라는 걸 알고 있다. 그런데도 싸우는 거다. 질 싸움을 하는 건 어리석다. 그런데도 달려드는 거다.

사랑부터 해라. 그것도 제대로,
다 부서져 없어질 때까지.

더 중요한 건, 힘이 더 센 사람은 싸우지 않고서도 갈등을 풀 능력이 있다는 거다. 안 싸우고서도 문제를 해결할 수 있는데 싸우는 건 힘만 세고 미련한 거다. 뇌까지 근육으로 이루어졌거나. 아니, 사장이 과장이랑 왜 싸워? 소싯적에 다 해보고 다 경험해보고 다 알고 있고 "사장인 내가 하면 너희보다 훨씬 더 빠르게 잘할 수 있어"라고 평소 노래를 부르시던 양반이 왜 아랫것 때문에 화내고 싸우냔 말이다. 싸우는 거 아니라고? 에헤이, 과장이 볼 때 사장이니까 더럽고 치사해서 피하는 거지 사실 맘으론 이미 먹살 잡은 거다.

싸우지 않고 문제를 해결할 능력을 지닌 게 힘센 사람이고 강한 사람이다. 그런데도 화내고 찍어 누르며 시비를 거는 사람은 앞서 말했듯 힘만 세고 미련한 사람이다. 기득권이나 권력에 취해서 뇌까지 힘으로만 꽉꽉 찬 상태라 본인이 힘만 세고 무식한 놈인 걸 모른다. 뇌 주름이 하나도 없이 반들반들한 양반들은 일부러 화내고 싸워서 자신이 이렇게 무서운 사람이란 걸 드러내는 경우도 있다. 같잖은 것들이다. 정말 강한 사람은 싸우지 않고 이기는 사람이다. 어느 정도 강한 사람은 싸우되 지는 사람이다. 비리비리한 것들은 가는 곳마다 소동을 일으키고 싸움을 붙이며 매일매일 승리에 도취되어 살아간다. 이렇게 헛된 승리에 취한 애들에게는 약도 없다.

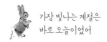

앞에서 인용한 부분을 설명하면 이렇다. 바운서 영감은 늙은 토끼라 간혹 사리 분별이 안 될 때가 있다. 아들 내외가 외출한 사이 바운서 영감은 오소리를 굴에 초대했고, 영감이 담배를 뻑뻑 피워대는 사이 오소리는 손주 토끼 일곱 마리를 자루에 담아 도망갔다. 갓난쟁이 토끼들은 내일 오소리의 아침밥이 될 운명이다.

며느리 플롭시와 시아버지 바운서 영감은 저녁을 먹다 말고 싸운 상황이다. 뜬눈으로 밤을 지새우고 아침을 먹다 말고 또 싸웠다. 시아버지고 뭐고, 오소리를 집 안에 들이다니 제정신이냐고, 우리 귀여운 아기들 어떻게 할 거냐고, 안 좋은 일이라도 생기면 어떻게 하느냐고 정신줄을 놓기 직전까지 며느리는 소리를 질렀을지 모른다. 며느리의 추궁에 시아버지는 침묵으로 일관한다. 하루는 무겁게 흘러간다.

아들 벤저민 버니는 일곱 아이를 구하러 사촌 피터 래빗과 함께 오소리를 추격한다. 물론 「토드 씨 이야기」는 일곱 아이를 모두 무사히 구출하며 해피엔딩을 맞는다. 그런데 만약, 벤저민 버니가 일곱 아이를 구하지 못했다면 어떻게 됐을까? 벤저민은 아빠로서 아이들을 구하기 위해 오소리를 쫓아갔으나 끝내 구하지 못했다는 죄책감에 평생 괴로워할 거다. 향할 곳 없는 분노는 아내인 플롭시나

늙은 아버지 바운서 영감에게 향할지도 모른다. 아내 플롭시도 마찬가지다. 구하지 못하고 뭘 했느냐고 슬픔과 분노에 사로잡힐지도 모른다. 가정이 깨지는 건 순식간이다.

이럴 땐 모두가 피해자고 모두가 아픈데, 모두가 화를 내고 모두가 서로에게 상처를 입힌다. 모두가 약자다. 그나마 이럴 때 싸우지 않고서도 싸움을 끝낼 수 있는 건, 같은 아픔을 먼저 겪은 같은 입장의 토끼 부모밖에 없다. 그 나머지는 누가 뭐라 하든 내 아픔을 알지도 못하는 주제에 편히 누워 떠드는 것밖에 안 된다. 힘만 세고 무식한 토끼는 지난 일이니 빨리 잊으라 말한다. 상처에 딱지가 생긴 토끼만이 다가와 마음으로 피눈물을 흘리는 토끼를 안아준다. 그렇게 강하지 못한 우리는 말없이 침묵 뒤로 숨는다. 직접 겪지 못한 아픔에 눈물을 흘리는 건 사치인 것만 같다. 침묵으로 피해 숨어 있으면 그나마 살 것 같다.

난 강한 사람은 못 되니 조금 더 열심히 지는 연습을 해야겠다. 그러다 보면 침묵이 단순한 방패가 아니라 소극적인 의미의 공감이란 걸 표현할 수 있을지도 모르겠다. 이기는 건 쉬우나 지는 건 늘 어렵다.

덧⁺

비겁한 면도 없지 않아 있다. 깊게 느끼지 않으면 나는 아프지 않아도 되니까. "난 뒤끝이 없어"라고 자부하며 그동안 내 말을 들어주는 사람에게 온갖 쓰레기 같은 것들을 털어놓기만 했는지도 모르겠다. 다 털어놓고 남은 게 없는 걸 뒤끝이 없다고 착각했는지도 모르겠다. 마음은 참 어렵다.

"좀 따분한 곳인 것 같은데? 비 올 때는 뭐 해?"

"비가 오면 작은 모래 굴속에 앉아 가을 곳간에서 꺼내온 옥수수와 씨앗을 까먹어. 그러다 잔디밭의 개똥지빠귀와 찌르레기를 내다보기도 하고, 내 친구 콕 로빈을 바라보기도 해. 그리고 해가 다시 날 때 내 정원과 꽃들은 정말 혼자 보기 아까워. 너가 그걸 봐야 하는데. 새들과 벌들의 소리, 초원의 양 떼 소리 외에는 정말 조용한 곳이야."

_「도시 쥐 조니 이야기」 중에서

사람들은 생각보다
당신에게 관심이 없다

돌발 퀴즈다. 야근을 하다가 밤을 새운 적이 있다. 아침에 화장실에서 세수하고 양치질을 했다. 전날 입은 옷 그대로일 수밖에 없다. 내가 귀가하지 않고 회사에서 밤을 보냈다는 걸 과연 몇 명이 알아챘을까? 정답을 아는 분은 출판사에 연락하라고 하고 싶지만, 그래봤자 선물 같은 거 없으니 혼자만 알고 있자.

답이 너무 비참하다. 내가 밤을 새운 걸 아무도 몰라볼 뻔했으나 가까스로 피했다는 것으로 위안한다. 그날 회사 흡연실에서 마주치는 몇몇 권력자에게 내 입으로 밤을 새운 걸 은근히 암시하며 '나 이렇게 열심히 일하고 있다'고 어필했다. 나는 거룩한 척은 한 적이 없으니 속되다고 돌 던지지 말기 바란다. 거기, 그러니까 거기 당신,

집었던 돌 내려놓으라고. 젠장, 다들 이렇게 살고 있잖은가. 당장 내가 치질인데 다른 놈 똥 닦아주면서 버틸 때도 있잖은가. 내 코가 석 자가 아니라 내 똥꼬가 석 자인데도 남들 밑을 닦아줘야 하는 때 말이다.

당신이 밤을 새우며 일한 걸 다른 이들이 알아챘다면, 당신은 다음의 경우 중 어디 하나에라도 속하는 사람이다.

- 직급이 낮다(바로 위 선배가 눈치챌 확률이 높다).
- 좋은 사람이며 인간관계가 원만하다.
- 예쁘거나 잘생겨서 인기가 많다.
- 주 5일 근무면 다섯 벌의 옷이 필요한 멋쟁이다.
- 1번과는 정확히 반대로, 좋건 싫건 누구나 인사드려야만 하는 절대 권력자다.
- 몸에서 냄새가 난다.
- 수염이 빨리 자라는 편이다.
- 어제 입었던 옷이 구김에 약하다.
- 철야한 걸 자기 입으로 말할 순 없지만 평소 표정으로 말하는 사람이다.
- 지문, 보안카드 등 퇴근 등록이 누락됐다.

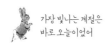
가장 빛나는 계절은
바로 오늘이었어

• 근무 시간인데 편의점에 다녀오겠다고 당당하게 말한다(상사가 "편의점엔 왜?"라 물으면, 상사만 들으라는 듯 작은 목소리로 "어제 야근하다 밤을 새웠는데 양말 정도는 사서 갈아 신으려고요"라고 말하며 깔끔한 나로서는 같은 양말을 이틀 신는 걸 도저히 용납할 수 없다는 표정을 짓는다).

　상대가 눈치챌 수밖에 없는 열한 가지나 되는 이유를 적어놓고 보니 내가 밤을 새운 걸 눈치채는 이는 왜 이리 적었나 싶고 '나는 어디에도 속하지 못하는 중간자 같은 존재인가'라는 존재론적인 고민에 아주 잠깐 빠지지만, 나는 알고 있다. 사람들은 나에게 관심이 없다. 사람은 타인에게 관심이 없다. 정확히 말하면 사람들은 자기 자신에게만 신경 쓴다. 타인에게 관심을 보이는 건 스스로를 중하게 여기고 관심을 두는 것에 비할 수 없다. 나에 대한 관심의 무게가 아프리카코끼리쯤이라면, 타인에 대한 관심은 민들레 홀씨 정도의 무게다. 훅 불면 확 날아가는.
　이쯤 되면 말도 안 된다며 본인이 이타적인 존재임을 내세우거나 "코끼리라니, 그 정도면 중증 나르시시스트 아닌가!"라고 항변하는 사람도 있을 것이다. 그런데 나르시시스트가 아니더라도 대부분 그렇게 행동한다.

예를 들어보자. 취미 중에는 비싼 게 많다. 자동차, 오디오, 카메라, 게임 등. 이런 것들은 장비병에 걸리거나 '현질'의 유혹에 빠지기 쉽다. 업그레이드를 위해 사용기를 찾아 읽고, 동영상을 보고, 온·오프라인을 이 잡듯 뒤지고 레어템을 획득했을 때 희열을 느낀다. 하지만 옆 부서 김 모 사원이 몸살로 반차 내고 퇴근한 걸 모른다. 안다 해도 다음 날 출근하면 '안 죽고 나왔으니 됐네' 정도다. 이런 사람에게 차, 카메라, 게임기를 빌려달라고 하면 빌려주지도 않을뿐더러 혹시라도 빌려준 애기들에게 상처라도 나면 나라를 잃은 듯 절망하거나 잃은 나라를 되찾기 위해 분연히 떨치고 일어난 레지스탕스처럼 불같이 화를 낼 거다. 차도 없고 오디오도, 카메라도 없는 남자일지라도 언제가 될지 모르지만 앞으로 사게 될 차나 오디오나 카메라나 기타 등등을 위해 검색하는 시간의 반의반의반도 타인을 위해 쓰지 않는다. 그런 이가 당신에게 시간을 쓰고 관심을 보인다면, 당신에게 무척 아쉬운 소리를 해야 하거나 당신을 좋아하거나 둘 중 하나일 것이다.

그렇다면 결국 타인은 지옥인 건가, 우리는 모두 외로운 섬과 같은 존재들인 건가, 뭐 그런 염세적인 얘기를 하려고 하는 건 결코 아니다. 사람이 타인에게 관심이 없다는 건 쓸쓸함이 아니라 해방

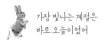

의 노래다. 관심 있는 척 이것저것 찔러보고 하는 사람들, 사실 말만 많았지 당신이 뭘 어떻게 하든 별생각 없고 관심도 없다. 이거야말로 얼마나 기쁜 일인가! 명절에 "너 시집 언제 가냐?"라거나 "면접은 보고 있고?"라 묻는 친척들, 할 말 없으니까 던지는 거다. 그런 친척일수록 자기 딸도 시집 안 가고 있고 자기 아들은 취업 준비 중인 경우가 많다. 추석이라 오랜만에 만났는데 "너 살 좀 빼야겠다. 운동 안 하니?"라 묻는 친척이 있다면, 그분의 자녀가 최근 살이 쪘거나 본인이 요즘 살이 붙은 경우다. 시집 언제 가느냐, 취직은 하는 거냐, 아직도 그 아가씨 만나냐, 들어오다 뒷모습 봤더니 곰인 줄 알았다, 살 좀 빼라, 이런 말들은 타인이 나에게 관심이 있어서 하는 말이 아니다. 최근 자신의 관심사가 그것이기에, 배려와 걱정의 안부 인사가 아니라 자신의 최근 관심사라는 프레임에 들어온 당신에게 표출하는 것뿐이다. 그러니까 "네네. 제가 알아서 할게요" 하고 넘기면 된다. 문제가 있는 사람은 문제를 품은 말로 인사한다. 행복하고 감사한 사람은 인사에도 행복과 감사가 넘쳐난다.

당신을 정말 사랑하고 아끼는 사람이 아닌 이상 타인은 당신에게 아무런 관심이 없다. 당신 역시 타인에게 무관심했다는 걸 조금만 생각하면 알 수 있을 거다. 그러니 눈치 볼 필요도, 남들에게 어떻게 보일지 신경 쓸 필요도 전혀 없다. 타인의 나에 대한 평가나 점수 매기기는 민들레 홀씨 정도의 가벼운 영향력을 행사할 뿐이다. 그러니 아프리카코끼리처럼 자유로이 초원을 누비면 된다. 초식동물이라 온순해 보이는 것일 뿐 코끼리는 지상 최강의 동물이다. 우리가 타인을 의식하지 않고 온전히 나에 집중하고 나를 믿고 예뻐해준다면 우리는 코끼리처럼 단단하게 우뚝 설 수 있다. 밀림의 왕이 사자라고? 웃기지 말라 그래라. 코끼리가 더 세다. 코끼리가 착해서 사자를 안 때리는 거다. 사자 정도는 코끼리가 1년 동안 싼 똥만 끼었어도 압사할 거다. 사람들에게 관심을 못 받는 건 서글픈 게 아니라 자유로운 거다.

덧⁺

동료와 선후배들에게 "회사를 끊으면 담배를 끊을 수 있다"라고 말하곤 했다. 퇴사를 결심한 순간 담배를 끊었다. 사장과 직원 모두 행복한 회사는 플라톤의 이데아 정도로 손에 안 잡히는 얘기다. 우리는 회사 때문이 아니라 옆에 있는 좋은 동료 덕분에 겨우 버틴다. 타인, 그리고 타인의 최고봉인 사장은 직원인 당신에게 별 관심이 없다. 나에게 가

가장 빛나는 계절은
바로 오늘이었어

장 관심이 많은 사람은 나다. 그리고 나여야만 한다. 내가 나를 사랑하는 힘으로 다른 사람을 사랑할 수 있다.

명심하자. 사장은 사장 자신에게만 관심이 있다. 사장 스스로 직원에게 관심이 많다고 말하는 건 대부분 사장의 공통된 착각이고 자기만족이다. 사장이 관심 두는 건 자기에게 돈을 많이 벌어다 주는 직원이다. 그러니까 당신도 자신에게만 관심을 두도록. 지극히 자기만을 생각하는 이기가 결국 남을 돌아보는 이타가 된다. 선 이기 후 이타. 남부터 챙기고 나중에 자신을 챙기는 거, 그냥 호구다. 이타주의자라 고맙다고 할 사람 단 한 명도 없다.

송어는 제러미 아저씨를 단번에 덥석 삼켰다. "으악! 으악! 으악!" 그러고는 몸을 돌려 호수 바닥으로 뛰어들었다! 하지만 송어는 우비가 너무 맛이 없어서 곧바로 제러미 아저씨를 뱉어버렸다. 결국 녀석이 삼킨 것은 제러미 아저씨의 장화뿐이었다. 제러미 아저씨는 소다수 병을 흔들었을 때 마개가 튀어 나가듯 물 위로 쑥 튀어 올라와 죽을힘을 다해 호숫가로 헤엄쳤다.

_「제러미 피셔 이야기」 중에서

피할 수 없으면 즐기라는 건
도대체 말이 안 된다고 생각해

자왈(子曰): 지지자불여호지자, 호지자불여락지자

(知之者不如好之者, 好之者不如樂之者).

난 한자 무식자다. 저 위 문장 역시 당연하게도 외워서 쓴 거 아니다. 우리에겐 친절한 이웃 'Ctrl+C'가 있다. 옮기자면, 공자님이 말하길 '무엇을 안다는 건 그걸 좋아하는 것만 못하고, 무엇을 좋아하는 건 그것을 즐기는 것만 못하다'라고 했다는 거다. 그런데 어쩌다 보니 그 말씀이 이상하게 변했다. 대략 다음과 같다.

능력 있는 자(천재)는 노력하는 자를 이기지 못하고

노력하는 자는 좋아하는 자를 이기지 못하며

좋아하는 자는 즐기는 자를 이기지 못한다.

　이 문장은 '출처 미상'으로 떠돌아다니거나 간혹 '누가 한 말인가요?' 식의 질문에 버젓이 '공자님입니다'라는 답변이 달린다. 한자무식자이지만 단언컨대 공자님은 천재보다 즐기는 놈이 더 잘한다는 말씀을 결코 하신 적이 없다. 공자님 말씀은 배움과 학습의 3단계랄까. 알고 나서 좋아하고 마침내 즐기는 것을 말씀하신 거다.

　이 학습의 3단계가 얼마나 어려운지를 적용해본다면 이렇다. '1단계, 미분과 적분을 알게 됐다. 2단계, 미분과 적분을 통해 수학을 좋아하게 되었다. 3단계, 마침내 수학을 즐기게 되었다.' 자, 알겠는가. 공자님이 말씀하신 배움의 단계란 평생을 바쳐도 이루기 힘든 입신에 가까운 경지다. 미분과 적분을 통해 수학을 알게 되고 즐긴다는 것. 학문은 이토록 험난하고 어려운 길인 것이다. (미분과 적분을) 사랑하면 알게 되고, 알게 되면 보이나니, 그때 보이는 것은 전과 같지 않으리라. 어머나, 수학과 사랑에 빠지고 나니 전에 없던 답이 막 보이네! 이 얼마나 지난한 고통의 여정, 그러나 신비로운 일이란 말인가! 아아, 배움의 길은 참으로 끝이 없구나.

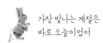

그런데 이 깊은 뜻이 바뀌어버렸다. 순위를 정하면 그렇다. 즐기는 놈이 1등, 금메달이다. 좋아하는 놈은 2등, 은메달. 3등 동메달은 노력하는 놈. 그리고 보니 능력 있는 자 또는 천재는 메달권 밖이다. 4등. 이런 개소리가 또 어디 있단 말인가.

여러 옛말 또는 아포리즘들에 대체로 동의하는 편이지만, 출처 미상인 상태에서 입맛에 맞게 바뀌어버린 '천재가 메달권 밖'이라는 건 현실과는 완전히 다른 얘기다. 냉정히 얘기하자면 천재가 아닌 대부분의 범재, 성과를 내지 못한 범재들을 독려하고 더 쥐어 짜내기 위한 감상적인 격려문에 불과하다. 전교 1등은 전교 1등을 유지하기 위해 코피 터지게 공부한다. 영업 현장에서도 이달의 판매왕은 왕이 되기 위해 피똥 싸며 노력한다. 능력 있고 심지어 천재인 자들은 스스로 능력 있음을 알고 있다. 같은 시간을 노력해도 범재보다 집중의 밀도 자체가 다르다. 더구나 자신의 자리를 지키기 위해 누구보다 노력한다. 천재는 노력한다. 그리고 그 노력은 좋아하고 즐기는 수준을 훌쩍 뛰어넘는다. 전 국민에게 사랑받는 박지성 선수, 김연아 선수는 좋아하고 즐길 여유가 없었다. 평발인 박지성 선수, 노력하고 뛰면 뛸수록 발바닥 아파 죽겠는데 즐길 틈이 어디 있겠나. 김연아 선수 역시 도망치고 싶은 순간이 다가와도 정상인의 인내를 뛰어넘는 초인적 수준의 훈련으로 세계인에게 사랑받는 여신의 자리에 올랐다.

뭐? 그런데 천재는 즐기는 자를 이기지 못한다고? 어디서 개수작을. '좋아하고 즐기는 것'은 취미의 영역이다. 단순히 좋아하고 즐기는 수준으로는 밥벌이를 할 수 없다. 도망가고 싶을 때까지 입에서 단내 나고 토할 정도로 뛰고 또 뛰어야만 겨우 맛볼까 말까 한 게 성공의 자리다. 그러니까 적당히 해놓고선 "난 즐겼어. 성과는 맘에 안 들지만 어쨌든 난 천재마저도 이긴 거야"라는 말 따위는 고이 넣어두자. 오히려 저 말을 역순으로 해야 한다. 바꿔보면 이렇다.

즐기는 자는 좋아하는 자를 이기지 못하고
좋아하는 자는 노력하는 자를 이기지 못하며
노력하는 자는 노력하는 천재를 이기기가 쉽지 않다.

대충 이게 팩트다. 감이 안 오면 쉽게 바꿔보자.

술을 즐기는 자는 술을 좋아하여 직접 빚고자 하는 자를 이기지 못하며,
술을 직접 빚는 자는 더 좋은 술을 빚고자 노력하는 자를 이기지 못하며,

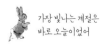

가장 빛나는 계절은
바로 오늘이었어

이런 식이다. 노력하는 천재는 웬만해선 못 이긴다. 그런데 더 중요한 건 우리가 천재를 이길 필요가 없다는 거다. 천재가 즐기는 자를 이기지 못한다는 건 범재가 스스로를 위로하기 위한 거짓이다. 하지만 노력하는 천재를 이기기가 쉽지 않다는 건 오히려 범재에겐 더 힘이 될 말이다. 왜냐고? 나한테 없는 능력을 갖춘 사람과 싸울 필요가 전혀 없으니까. 뭐하러 싸워? 질 건데.

그리고 내게도 남에겐 없는 나만의 장점이 있지 않은가. 그건 누군가에겐 천재적 능력과도 같은 것이다. 운동을 못하는데 말을 재밌게 하는 사람이 있다면, 운동은 잘하는데 말재주가 없는 사람이 볼 때는 보통 녀석이 아닌 것이다. 어떤 음식이든 누구보다 맛있게 먹을 수 있는 것도 비범한 재주다. 아무 도움도 안 되는 것 같은데 얼굴만 마주치면 저절로 웃게 되는 사람도 있다. 이거, 엄청난 축복이다. 내가 수영을 못한다면 수영 선수와 수영으로 내기를 할 필요 따윈 애초에 없는 것이다. 누구든 자신만의 재주와 천재성으로 각자 살아가면 될 일이다. 지는 싸움을 해놓고선 '그래도 나는 즐겼으니 됐어'라는 정신승리는 그만하자. 나다운 것, 나만이 할 수 있는 것으로 노력하면 된다. 그게 끝이다.

우리 사회는 질 수밖에 없는 싸움에 우리를 밀어 넣는다. 도망칠 구석도 없다. 그래놓고선 눈물겹게 싸워 지고 돌아오면 "네가 즐기지 않아서 진 거야!", "즐기면서 일해! 즐기면서 야근해! 즐기면서 특근해!" 이따위 헛소리를 늘어놓는다. 회사 나가는 거 월급 꼬박꼬박 받아가며 즐기면서 취미처럼 하면 못 할 사람이 누가 있나. 죽도록 싸우게 해놓고서 영혼까지 탈탈 털리고 진 사람더러 "즐기면서 더 노력해보자!"라고? 그런 노력은 너나 하세요. 피할 수 없는 건 즐길 수도 없다. 피할 수 있는 건 피하는 게 정신 똑바로 박힌 어른이다. 5톤 트럭이 다가오면 안 피할 거야? 내가 무슨 헐크야? 차를 막 뱃심으로 튕겨낼 수 있는 거냐고! 안 피했다가 다치면 누가 책임지는데?

젊어 고생은 안 하는 게 낫고, 피할 수 없는 건 피할 길을 찾으면 된다. 훈계 따윈 됐으니 나만의 능력이 무엇인지 똑똑히 들여다보는 게 우선이다. 다치고 아픈 것보다 피하는 게 낫다. 마냥 즐길 수만은 없으니 즐길 수 있는 나만의 취미를 찾는 게 빠르다. 무모한 것과 위대한 도전은 종이 한 장 차이다. 오래 걸으려면 반드시 쉬어야 하고, 힘든 게 인생이라면 즐길 수 있는 무언가를 만들어야 한다. 먼 길, 힘든 길 가는 모두를 응원한다.

덧

저기요, 피할 수 없으면 즐기라고 헛소리하는 사람들아, 당신들은 힘들게 이뤘고 우린 노는 것 같죠? 전 제 다음 세대가 저보다는 더 편하고 쉬운 길을 걸었으면 좋겠습니다. 사람이라면 그게 당연한 겁니다. 계속 그럴 거면 제 인생에서 나가주세요. 정중히 부탁합니다.

장난꾸러기 톰은 발톱을 세워 할퀴어 댔다.
_「톰 키튼 이야기」중에서

상처는
사랑하는 사람에게 받는 것

"나 상처받았어"라는 말을 너무나 쉽게 하는 사람이 있다. 이런 사람이 곁에 있으면 지친다. 처음에야 연약한 심성을 지닌 이구나 싶어 보호해주고 싶을 수도 있다. 하지만 "상처받았어, 그때 이런 게 서운했어"라며 들어달라고 옷깃을 잡아끄는 빈도가 높아지면 정말 지친다. 솔직히 이제 그만 좀 징징대라고, 이런 얘기 계속할 거면 그만 보자고 말하고 싶어진다. 먼 길을 가기 위해 가득 주유를 했는데 20킬로미터쯤 가서 연료가 바닥나 다시 주유해야 하고, 또 15킬로미터쯤 가서 다시 주유해야 하고, 9킬로미터밖에 못 갔는데 다시 주유해야 한다면 어떻겠는가? 목적지에 가기도 전에 지치거나, 이렇게 자주 주유소에 들러야 한다면 짜증 나서 이 차 못 타겠다고 신경질을 내게 될 것이다.

우리 몸의 아랫배 쪽에 신장이 있다. 콩팥이라고도 부른다. 신장은 몸의 노폐물을 걸러내고 배출하는 일을 한다. 신장에 이상이 생긴 신부전증 환자는 한 달에 두세 차례씩 투석을 통해 몸속에 쌓인 노폐물을 걸러내는 아주 힘든 과정을 평생 반복해야 한다. 어릴 적부터 몸이 약했던 사촌이 현재 투석을 하고 있다(몸도 힘들지만 비용 부담도 상당하다). 몸과 마음은 연결돼 있다. 신장으로 노폐물과 독을 걸러내 몸을 깨끗이 해야 하듯, 마음 또한 깨끗함과 평온을 유지해야만 한다.

타인의 고민이나 아픔을 들어주는 건 나의 감정을 소모하는 일이다. 듣는 건 공감하는 거다. 공감이 없는 상태에서 듣는 건 시늉이지 듣는 게 아니다. 공감에는 많은 에너지가 소비된다. 그런데 어떤 이들은 상처받았다며 내게 와서 자신이 감당하지 못하는 감정을 한 아름 투기하고 마음 편히 사라져버린다. 우리 아파트 분리수거일은 매주 일요일 저녁부터 월요일 아침까지인데 종이, 캔, 유리, 플라스틱이 마구 섞인 감정을 내게 쏟아놓는다. 미처 추스르고 비우기도 전에 자신의 감정을 우르르 쏟아놓고 간다. 일상에 지치고 힘들었으니 산 좋고 물 맑은 계곡에 가서 힐링하자며 나와서, 실컷 즐

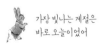

기고 자기만 치유받고 산 좋고 물 맑은 계곡에 쓰레기를 버리고 그냥 돌아가는 거다. 자기밖에 모른다. 내가 깨끗해졌으니 됐다는 거다. 이런 사람일수록 마음이 좁아 감정이 차고 넘치기 때문에 뒤죽박죽된 자신의 감정을 내게 와 다시 우르르 쏟아놓고 간다. 들어주고 토닥여주니 나쁜 일을 한 것 같진 않은데 만나고 헤어지면 내 몸이 천근만근이다.

우리 아파트 어린이 놀이터 쓰레기통에 이런 문구가 붙어 있다. '생활 쓰레기를 버리지 맙시다.' 아이들 군것질한 쓰레기를 버리라는 평화로운 놀이터의 작은 쓰레기통에 왜 음식물 쓰레기와 분리수거 물품과 생활 쓰레기를 갖다 버리느냔 말이다. 그런 사람들은 손가락질받는데, 곁에 있는 사람을 감정 쓰레기통 취급하는 사람들은 고개 들고 문화시민으로 살아간다. "난 쓰레기 함부로 안 버려" 하고.

장거리 운행이고 주유소는 40분을 더 가야 나오는데 주유 경고등에 불빛이 들어오면 속이 탄다. 주유소에 도착하기 전에 차가 멈춰버릴 것만 같은 불안감이 엄습한다. '상처받았어'라며 내 감정을 자꾸 바닥으로 만드는 사람, 이제는 그 사람이 서운한 눈빛으로 날 바라보기만 해도 주유 경고등에 불빛이 들어온 듯 마음이 철렁한다. '아 또……! 가다가 길 한복판에서 멈춰버릴 것만 같아.'

멀리 볼 필요 없잖아요.
당신의 손이 닿는 곳에 내가 있어요.
언제나처럼. 당신의 그림자처럼.

상처받았다며 자신을 털어놓으면 말한 사람의 마음은 조금 가벼워질 수 있을 것이다. 그런 마음은 조립하지 않은 레고 블록과도 같다. 나에게 와서 조립이 안 된 레고 블록을 우르르 쏟아놓는다. 난 그걸 치우거나 잘 끼워 맞춰서 완성해야만 한다. 조립 안 된 레고 블록은 자릴 너무 많이 차지할 뿐만 아니라 실수로 밟으면 끔찍할 정도로 아프다. 상대는 내게 수백, 수천 개의 레고 블록을 쏟고 사라졌으니 자신은 편하겠지. 하지만 내게는 지뢰처럼 어지럽혀진 바닥만 보인다. 아직 채 치우지도 않았는데 상대가 다시 와서 상처받았다며 자신의 레고 블록 수천 개를 또 쏟아놓는다. 그러고는 편안해진 얼굴로 돌아간다. 내 입장은 생각도 않고 너무 자주 쏟아붓고 사라지는 저 사람, 더는 못 견디겠다. 나에게 가득 찬 저 사람의 조각들, 싹싹 긁어서 갖다 버리고만 싶다.

상처는 사랑하는 사람끼리 주고받는 거다. 사랑을 주고받는 사이여야만 상처도 주고받을 수 있다. 가장 큰 사랑을 기대하듯, 컸던 기대가 어긋날 때 받는 게 상처다. 길을 가는데 생전 처음 보는 사람이 갑자기 뒤통수를 때린다면 경찰에 신고하면 된다. 그 사람이 날 친 건 기분 나쁘고 짜증 나는 일이지 마음이 다치고 상처받는 일이 아니다. 갑자기 뒤통수를 맞으면 "뭐 이런 황당한 일이 다 있

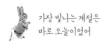

어!"라고 말하지 "당신 때문에 저 상처받았어요!"라고 말하지 않는다. 반면 사랑했던 사람이 갑자기 내 뒤통수를 때린다면 너무 놀라 아무 말도 못 하다가 "어떻게 나한테 이럴 수 있어?"가 된다. 당시엔 말도 제대로 못 했지만 시간이 한참 지난 후엔 그때 일이 상처로 남았음을 알게 된다.

그래서 하는 말이다. 툭하면 상처받았다고 하는 사람들에게 묻고 싶다. 학교에서는 교수님이나 조교나 동기나 후배한테 상처받았고, 회사에서는 팀장이나 본부장한테 상처받고, 어디 가든 상처를 받았다고 하는데……. 정말 묻고 싶다.

"팀장님 때문에 상처받았다고요? 그렇다면, 팀장님을 사랑하는 건가요?"

이렇게 물으면 백이면 백 토끼 눈을 뜨곤 그게 지금 무슨 소리냐고, 난 상처받았는데 지금 이게 장난으로 보이냐고, 내가 아무리 외로워도 아무나 만나지는 않는다고 화를 낼 것이다. 그리고 다른 사람에게 가서 당신 흉을 보면서 난 상처받았는데 저 사람은 너무 가볍게 말하고 팀장님을 사랑하느냐고 희롱하듯 말을 해서 또 상처받았다고 말할 거다.

이 질문은 다른 상황에도 유효하다. '교수님께 상처받았다. → 교수님을 사랑하시나요?', '후배에게 상처받았다. → 후배를 사랑하시나요?', '어제 간 길모퉁이의 편의점 직원 때문에 상처받았다. → 길모퉁이 편의점 직원을 사랑하시나요?' 그 사람들 사랑 안 하는 거 안다. 그러니 그들에게 받은 게 상처가 아니라는 것도 안다. 진짜 상처는 진짜 사랑하는 사람에게 받는 거고, 진짜 사랑하는 사람에게 받은 진짜 상처는 아물고 낫기가 너무 어렵다. 오래 걸린다. 나도 흉터가 남는 경우가 많다. 진짜 상처는 비슷한 상처를 지닌 사람이 아닌 이상 공감하기도 어렵고, 공감하지 못하는 사람에게 털어놓아봤자 그다지 위로도 안 된다. 오히려 자신의 약점이나 비밀을 털어놓았다는 기분만 들 거다. 자랑스럽게 얘기할 수 있는 건 훈장이지 상처가 아니다.

　"나 상처받았어"라고 누구든 붙잡고 얘기해야만 속이 풀린다면, 안타깝게도 당신은 약한 사람이다. 상처받았다고 말하는 건 결국 "나는 약하고 자신이 없어. 나에게 관심을 줘"라고 말하는 것과 다를 게 없다. 역설적이게도 관심을 달라며 에둘러 '상처받았다'라고 얘기하면 할수록 사람들은 멀어지고, 주유 경고등이 깜빡이는 걸 본 것처럼 화들짝 놀라며 서둘러 그 자리를 뜰 것이다. 그러면 약하고 자신 없는 스스로를 마주하게 돼 누가 됐든 자기 말을 들어줄 사

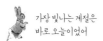

가장 빛나는 계절은
바로 오늘이었어

람을 찾게 될 것이다. 그리고 다시 또 멀어질 것이다. 안타까운 악순환이다.

더 나쁜 건 '나 상처받았어'라는 약해진 마음을 지닌 이에게 가학적 본성을 숨긴 이성이 다가오는 경우다. 처음에는 둘도 없이 잘 맞는 것 같지만 이내 일방적이며 폭력적인 관계로 변질되기 쉽다. 용케 그런 관계에서 벗어난다고 해도 남는 건 '진짜' 상처뿐이다. 더 약해지고, 더 의존적이 되어버리고 만다.

물론 예외는 있다. 자신의 상처를 아무에게도 고백하지 못하고 끙끙거리며 혼자 아파하는 사람, 심지어 상처가 너무 깊고 오래돼 자신의 일부처럼 여겨져 자신에게 깊은 상처가 있다는 것조차 모르는 채 쓸쓸히 살아가는 사람이 있다. 몸의 노폐물을 걸러내는 역할을 하는 게 신장이라고 앞서 말했다. 신장이 없으면 평생 투석을 받아야 하듯, 상처로 인해 마음이 고장 난 상태면 평생 고통스러운 마음의 투석을 해야 한다. 신은 우리에게 두 개의 신장을 줬다. 하나의 신장으로도 살아갈 수 있는데 두 개의 신장을 준 이유는 무엇일까. 그것은 당신의 신장, 마음을 투석해주고 싶은 평생의 사랑을 만났을 때 기꺼이 내어주라는 의미일지도 모른다.

알다시피 아무에게나 신장을 이식받을 순 없다. 당신은 결코 누군가의 감정 쓰레기통이 되어서는 안 된다. 신장 이식수술처럼 마음의 교차 반응을 통과한 당신의 사랑에게만 비어 있는 감정의 통을 건네야만 한다. 당신은 감정의 쓰레기통이 아니라 상처받은 사랑을 보듬는 감정의 통이 되어주어야만 한다.

몸과 마음이 통한다고 했듯, 신장 이식수술을 받는다 해서 아픈 신장을 떼어서 버리는 게 아니다. 건강한 신장을 이식받되 아픈 신장은 여전히 내 몸속에 남아 있다. 진짜 사랑을 만나 건강한 신장을 이식받고 마음의 노폐물과 상처를 걸러내더라도, 마음속에 상처가 사라지고 흉터가 남는 것과 똑같다. 흉터를 어루만지며 우리는 상처였던 과거를 추억으로 웃어넘길 수 있게 된다.

누구나 감기에 걸린다. 너무 흔해 병처럼 느껴지지도 않는다. 그런데 생각해보면 사람은 감기를 모른다. 감기는 약을 먹으면 낫지만 약을 안 먹어도 낫는다. 잘 안다고 생각하는 감기조차도 인간의 영역 밖이다. 작고 흔한 감기도 이런데 1,000가지, 만 가지 색을 지닌 사람의 마음은 오죽하랴. 마음은 사람의 것이되 사람이 어찌할 수 없다. 의사조차 감기를 모르듯 사람은 자신의 마음을 잘 모른다. 참 어려운 일이다.

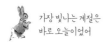

가장 빛나는 계절은
바로 오늘이었어

덧[+]

학대와 상처는 다르다. 내 몸에 할 수 없는 짓을 상대에게 가하는 건 학대다. 사랑하는 사람끼리 주고받는 상처는 나도, 상대도 아프다. 서로 사랑하니까 아픈 거다. 난 아픈데 상대는 멀쩡하다면 사랑이 아니다.

악어는 먹이를 먹을 때 눈물을 흘린다. 눈물샘의 신경과 입을 움직이는 신경이 같다. 먹이를 쉽게 삼키기 위해 눈물을 흘려 수분을 보충하는 거다. 학대하는 이가 눈물을 보인다면 아파하는 당신이 불쌍해서 눈물을 흘리는 게 아니다. 가학적인 자신의 욕망을 맛있게 먹기 위해 눈물로 수분을 보충하는 거다. 용서를 바는 시늉을 하고 눈물을 보여 떠나간 상대를 자신의 곁에 데려와야만 다시 학대할 수 있기 때문이다. 그가 흘리는 건 눈물이 아니라 침이다.

하지만 노랫소리를 들은 다른 다람쥐들은 티미에게 달려와 그를
덮쳐 때리고 할퀴었고, 그의 도토리 자루를 뒤집어엎었다. 정작
이 소동을 일으킨 순진한 작은 새는 화들짝 놀라 날아가버렸다!

_「티미 팁토스 이야기」 중에서

이게 다
너 잘되라고 그러는 거라는 개소리

세상엔 웃긴 녀석들이 많다. 그것도 참 많다. 자신의 이기를 이타로 그럴듯하게 포장한 채 웃으며 다가오는 이들이 얼마나 많은가. 악당보다 꼴 보기 싫은 건 위선자다. 악당은 초지일관 악당이니 맞서 싸우거나 피하면 된다. 얼마나 심플한가. 오히려 복잡한 건 위선자다. 착한 척 거룩한 척 대인배인 척은 혼자 다 하는데, 결정적 순간에 위선의 가면 아래 숨겨진 민낯을 보일 때가 있다. 워낙 주도면밀하게 얼굴에 딱 맞는 가면을 쓰는 이들이라 위선자의 민낯은 찰나의 틈으로 스쳐 지나간다.

위선의 민낯을 마주하면 수명이 몇 해 줄어들 게 분명하니 차라리 모르고 사는 게 마음 편하다. 문제는 그게 내 맘대로 되지 않는다는 거다. 머리카락 대신 독사를 달고 있는 메두사는 쳐다보지만 않으면 돌이 될 일도 없고 살포시 거울 내밀며 "반사!" 해주면 되는데, 위선자는 안 보이는 지뢰와도 같다. 메두사는 누가 봐도 메두사처럼 생겼는데 위선자는 그냥 보면 일반인과 똑같이 생겨먹었다. 메두사와 위선자의 공통점을 찾자면, 페르세우스가 나타나 그것들을 얼른 내 눈앞에서 처리해주면 좋겠다는 소망 정도라고나 할까.

"이게 다 너 잘되라고 하는 소리야"라는 말을 들어본 적 있는가? "너는 정말 훌륭한 인재인데 저평가받고 있어"라는 말은? 두 가지 다 들어본 입장에서 말한다. 만약 당신이 둘 중 하나라도 들어본 적 있다면, 정말 마음 아프고 쓸쓸한 일이지만 당신은 호구다.

미안하다, 이렇게 말해서. 그래도 둘 중 하나만 들었다니 50퍼센트만 만만하게 보인 거다. 뭐? 둘 다 들어서 100퍼센트라고? 아, 잠깐만. 이건 좀 아니잖은가. 내 수준의 호구가 또 있었다니! 갑자기 사방이 흐려지는 건 눈물 탓인가.

"이게 다 너 잘되라고 하는 소리야"를 번역하면 이렇다. "지금 네가 하는 짓은 내 맘에 정말 안 들어. 그러니까 행동을 수정해. 어떻게? 내게 좋은 쪽, 내가 불편하지 않은 쪽으로. 그렇게 하면 나한테 큰 이익이 될 거고, 설령 그렇게 하다 네가 실패해도 지켜보는 내

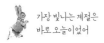
가장 빛나는 계절은
바로 오늘이었어

맘은 편할 거야. 어차피 내가 실패하는 게 아니거든."

여기에서 더 난이도가 높은 "너는 정말 훌륭한 인재인데 저평가 받고 있어"를 번역하면 이렇다. "네가 그렇게 잘난 녀석인지 몰랐어. 내 측근들은 왜 네가 이토록 써먹을 게 많은 잘난 놈이라는 걸 몰랐을까? 그렇게 보는 눈도 없는 바보들이 측근이라니 정말 답답하다니까. 하지만 네가 잘났다는 건 앞으로도 나만 알 거야. 왜냐고? 측근의 바보들은 부리기 편한데, 너처럼 잘난 놈은 고분고분하지 않아서 불편하거든. 어쨌든 본전을 다 뽑아먹을 때까지 너를 충분히 써먹을 테니 각오하도록 해!"

보통 순진한 호구들은 '저평가' 운운하며 따로 불러서 따스한 눈빛으로 말해주면 혹한다. 낚이듯이 확 넘어간다. '사마천의 『사기』 중 「자객열전」을 보면 선비는 자신을 알아주는 이를 위해 목숨을 버린다는데, 드디어 이 세상에서 날 알아주시는 분을 만났어! 감사해라!' 하면서 시키지 않아도 남보다 곱절로 열심히 한다. 슬프다.

위선자들은 그래놓고 뒤에서 웃고 있다. 동서고금을 막론하고 재주는 미련 곰탱이가 넘고 돈은 위선자들이 긁어간다. 탈곡기처럼 영혼과 육체를 탈탈 털어간다. 미련 곰탱이가 540도 발차기로 송판을 격파하다가 잘못 착지해서 인대가 늘어나도 돈 버는 건 주인이고, 곰은 착취당하다가 쓸개까지 털린다. 아니라고? 물론 아니라고 믿고 싶겠지. 나도 끝끝내 믿어보려고 하다가 너덜너덜해지고 나서야 겨우 알아차리고 반성했다. 그때쯤엔 이미 소를 잃었고, 고칠 외양간도 남아 있지 않았다. 주인님께서는 코딱지만 하던 자기 외양간을 거대 목장으로 키운 후였다.

앞서 말했듯 악당이 더 심플하다. 복잡한 놈들일수록 위선자일 가능성이 크다. 뭐? 저평가받고 있다고? 그러면 고평가해주면 될 일 아닌가. 예컨대 식당에 갔는데 국이 싱겁다. 그러면 "국이 좀 싱겁네? 옆에 소금 좀 줘! 소금소금소금(소금 떨어지는 소리). 이제 먹을 만하네!" 딱 이러면 된다. '싱겁다 → 소금을 친다', 끝. 이게 정상인의 패턴이다. 반면 조용히 불러서 저평가 운운하는 위선자들의 패턴은 어떤지 보자. 식당에 갔는데 국이 싱겁다. 벌떡 일어나 주방으로 간다. 듣는 사람이 있는지 좌우를 살핀 후 "저기 이모님, 잠시 드릴 말씀이 있습니다"라며 주방 이모를 조용한 곳으로 불러낸다. 그러고는 눈을 마주 보며 "남들은 잘 모르겠지만 이 식당의 국이 그동안 싱거웠습니다. 하지만 저는 알 수 있습니다. 분명히 저염도예요"라고 말한다. 그러면 이모님은 어떻게 나올까? 두 눈에 눈물을 글썽이며 "그죠? 저도 항상 싱겁다고 생각했는데 아무도 그런 말씀을 안 해주셨어요! 비로소 저를 알아주는 분을 만났군요!"이럴까? 국이 싱거우면 소금으로 간을 맞추면 되고, 인재가 저평가받고 있으면 능력에 합당한 평가를 해주면 된다. 세상 이렇게 간단할 수가! 하지만 대부분의 위선자는 당근의 실루엣을 보여주기만 하고 결코 당근을 주지 않는다.

'이게 다 너 잘되라고 그러는 거'라고? 이것도 개 풀 뜯어 먹는 소리다. 이런 말 하는 사람 있으면 "내 일은 내가 알아서 하니까 너나 잘하세요"로 응수해주자. '너 잘되라고 기타 등등' 하는 사람치고 자기 일 제대로 하는 사람 없다. 귀감이 되는 이가 옆에 있다면 누가 시키지 않아도 멘토로 삼아 보고 배운다. 그가 바쁘다고 하든 말든, 귀찮게 해서라도 노하우를 얻는 게 정상이다. 요구하지도 않았는데 다가와서 "저기…… 내가 이런 말은 안 하려고 했지만, 다 너 잘되라고 하는 얘긴데……"라고 하는 이들에게는 그냥 가던 길 가시라고 하자. "그런 말 안 하려고 했으면 하지 마. 나 잘될 길은 내가 찾아갈 테니까 너는 네 길이나 찾고 너나 잘해. 지금 하려는 말 됐으니까 고이 넣어둬"라고 말해줘야 한다.

안다. 이렇게 역정을 내도 막상 그런 상황이 되면 말 한마디 대꾸 한마디 제대로 못 한다는 거. 쭉쭉 빨리고 호구 잡혀도 집에서 혼자 쓸쓸히 맥주 마시며 '본심은 그게 아닐 거야. 설마 그 사람이 나한테 그럴 리가 없어……'라며 나 홀로 정신승리, 스스로 위안하리라는 거 안다. 어쩌겠는가. 저 위 문단, 위선자 묘사하고 위선자의 언어 번역한 부분 복사해서 당신 곁에 있는 위선자에게 갖다 줘도 그는 자기 얘기인 줄 모른다. 도리어 "어디 가나 이런 사람 꼭 한 명씩 있다니까!"라며 흥분하거나 자기는 위선자가 아닌 좋은 사람이라는 확신에 생글생글 웃을 거다. 위선자와 악당은 그게 다르다. 만약 악당을 묘사한 글을 복사해서 갖다 주면 악당은 그럴 거다. "몰랐어? 나 이런 사람인 거?"라고.

어쩌겠나. 볕 들 날 온다. 결국 해 뜬다. 세상과 시간이 멈추지 않는 한 해는 뜬다. 내 마음처럼 빠르게 뜨지 않을 뿐. 그 속도에 괜히 화날 뿐이다.

덧⁺

"다 너 잘되라고 하는 소리야"라고 말하는 사람 중 부모님은 예외다. 그 양반들은 정말 자식 잘되라고 말씀하시는 거다. 문제는 그분들도 정답을 모른다는 거. 본디 사는 데 정답이 없으니 부모님들은 자신이 생각하는 '최대한 정답 같고 안전한 길'을 제시하는 거다. 나쁜 뜻은 없다. 당신이 아플 때 당신보다 더 아파하는 분들이 부모님이니, 차고 넘치는 위선자들과는 비교하면 안 된다. 물론 당신은 좋은 사람이니 그러지 않겠지만.

나에게 아테나의 방패와 헤라의 주머니, 하데스의 투명 투구라는 아이템이 생기면 페르세우스처럼 메두사 또는 위선자 처리하러 당신에게 출장 가겠다. 그들의 목을 치는 수고비는 받지 않겠다. 그러니 '득템' 할 때까지만 기다려다오. 금방 끝난다. 함께 기다리자.

"다시 돌아갈 수는 없어. 여기서 미끄러지면 불 속에 떨어져서
내 아름다운 꼬리와 파란 재킷이 타버릴 거야."
_「새뮤얼 위스커스 이야기」중에서

그러기엔 오늘 날씨가
쓸데없이 좋네요

질량 보존의 법칙이란 게 있다. 화학 반응이 일어나기 전과 후의 질량이 같다는 거다. 간단히 말해 소금과 물이 각각 100그램씩 있다면, 물에 소금을 녹여 소금물을 만들었을 때 200그램이라는 얘기다. 질량 보존의 법칙과 적확하게 맞아떨어지는 건 아니지만, 사회에는 '꼰대 보존의 법칙' 또는 '지랄 보존의 법칙'이란 게 암묵적으로 존재한다. '지랄 총량의 법칙'이라고도 한다. 퇴사하고 다른 회사로 가든 아니면 같은 직장에서 다른 부서로 이동하든, 환경이 바뀌어도 꼰대는 늘 같은 양이 존재한다. 바탕만 약간 바뀌고 메인 컬러는 안 바뀐 그림 같은 거다. 어딜 가나 이상한 사람이 있고 최악의 상황이 있기 마련인데, 희한하게도 질량 보존의 법칙에 따라 스트레스가 보존된다.

$$물 100g ＋ 소금 100g ＝ 소금물 200g$$

여기까지는 질량 보존의 법칙이다. 스트레스 지수를 숫자로 표현한 지랄 보존의 법칙은 다음과 같다.

$$퇴사 전 회사의 사장 100 ＋ 무능한데 아부만 하는 이사 50$$
$$＝ 이직한 회사의 사장 부부 150(사장 부인이 임원)$$

당연하게도 지랄 보존의 법칙은 상사나 사장에게만 해당하는 게 아니다. 후배, 아는 동생, 일 때문에 엮인 동갑내기 직원 등 실로 다양한 분야의 여러 계층에 적용된다. 2000년에 개봉한 청소년 관람 불가 공포영화가 있다. 예지력으로 비행기 폭발 사건에서 벗어나 가까스로 목숨을 건졌으나, 운명을 거스르고 살아난 이들이 결국 차례로 죽어 나간다는 내용이다. 사이코패스 살인마가 나타나서 무턱대고 피바다를 만드는 공포영화가 아니라 실체 없는 운명 탓에 등장인물들이 죽게 된다는 색다른 소재 때문이었는지 영화는 무려

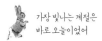

5편까지 나왔다. 영화를 보다 보면 '아니, 어떻게 저 상황에서 저렇게 죽을 수가 있지?' 또는 '이런 식이면 어딜 가도 한 방에 죽을 수 있겠구나' 하는 생각을 하게 된다.

구사일생으로 목숨을 구해도 결국 죽을 놈은 죽는다는 단순한 이야기가 영화를 끌고 가는데, 우리 삶에도 비슷한 구석이 있다. 마주치면 피곤한 사람이나 억울한 상황을 구사일생으로 피했는데, 그곳에 더 피곤한 사람이 운명처럼 다가와 웃고 있다는 뭐 그런 거. 그런 상황을 겪다 보면 "이놈의 세상은 왜 나한테만 이래. 내가 뭘 잘못했다고 이렇게 힘들게 해" 하며 원망이 생기기도 한다.

태어나서 100년을 살아도 결국 마지막 관문은 죽음이다. 결국 종착역은 죽음인데, 죽음까지 달려가는 중간 지점들이 난코스다. 미션을 깨야만 다음 판으로 넘어갈 수 있는 게임도 아닌데, 달려가는 과정 하나하나가 다 부셔야만 하는 벽이다. 벽 하나 겨우 넘었더니 더 두꺼운 벽이 있고, 그 벽을 간신히 뚫었더니 강철로 된 더 높은 벽이 나타나는 식이다. 가만히 서 있거나 이미 깨버린 등 뒤의 벽을 향해 유턴이라도 할 수 있다면 또 모른다. 하지만 산다는 건 컨베이어 벨트처럼 나는 가만히 있어도 세월과 시간과 나이가 내 먹살을 쥐고 종착역을 향해 끌고 간다. 나보다 세월이 빨라서 얼마 안 가 결국 또 벽을 마주하게 된다. 전보다 더 단단하고 높은 벽이다.

참 어렵다. 이를 악물고 인내하며 버티고 넘어서야 할 벽과 굳이 부딪칠 필요 없이 피하는 게 좋은 벽은 육안으로 구분되지 않는다. 만약 넘어선다면 내가 성장할 수 있는 인생의 고비와 단순히 나쁘기만 한 상황도 쌍둥이처럼 구분이 안 된다. 쌍둥이 중 누가 형이고 누가 동생인지는 쌍둥이 스스로가 가장 잘 알고 있듯이, 고난을 만나는 우리보다 고난 스스로가 성장의 열쇠인지 헛고생인지 가장 명확히 알고 있다. 문제는 고난이란 놈은 불친절해서 자신의 정체를 우리에게 알려주지 않는다는 것이다. 오래 지나거나 때늦은 눈물을 흘릴 때만이 놈들의 정체를 파악할 수 있다.

성장의 열쇠든 헛고생이든 피하고 도망갈 길은 어딘가 하나쯤 열려 있다(잘 안 보여서 그렇지). 두 상황 모두 '이놈의 짓 더러워서 못 해 먹겠다!'라는 마음이 드는 건 똑같다. 어떤 사람이라도 당신과 완전히 똑같은 길을 걸을 수 없고, 걷는다 하더라도 당신의 입장을 아는 건 불가능하다. 그러기에 이 길이 성장의 열쇠인지 헛수고인지 명확하게 답을 주거나 솔루션을 줄 수 없다.

이럴 때 주변의 충고는 재미있는 로맨스 영화와도 같다. 영화를 볼 때는 현실을 잊을 수 있다. 충고를 들을 땐 그럴듯하다. 엔딩 크

레딧이 올라가고 극장을 나서면 달콤한 로맨스 영화가 아니라 현실이고 나는 여자친구가 없다. 충고해준 선배가 술값까지 계산하고 택시 타고 귀가한 후, 나는 버스가 아직 다니는지 스마트폰으로 검색한다. 충고란 건 들을 때는 희망적이나 말이 날아간 후에는 결국 쓸쓸히 나만 남는다. 충고한 이는 말을 토해냄으로써 무언가 도움을 줬다는 만족감을 얻지만, 실제로 움직이고 감당하고 책임져야 하는 사람은 나다. 이것은 성장의 열쇠인가, 헛수고인가. 이것은 입에는 쓰나 몸엔 좋은 약인가, 아니면 단순히 피해야만 하는 함정인가.

내 경우는 그랬다. 주변 여자애들에 비해 늦됐다. 2월에 태어나 초등학교에 일찍 입학한 탓인지 늘 한 발씩 늦었다. 같은 반 여자애가 지우개 가루를 모으기에 그걸 왜 모으냐고 물었더니 지우개를 만들려고 그런단다. 잘 모아서 참기름을 붓고 햇볕에 말리면 지우개가 된다고. 어찌나 바보 같았는지 난 집에 가서 그걸 또 따라 해봤다. 얇은 성냥갑에 지우개 가루를 모으고 참기름 붓고 양지바른 곳에 널었는데……. 끝내 지우개는 되지 않았다. 이 얼마나 모자라는가. 후에는 '또 당할 수 없다'라는 생각이 들어서인지 모르겠지만, 점점 호전적인 성향으로 바뀌었다.

확실히 나는 융통성이 없고 호전적이며 바뀐 상황에 적응이 늦다.

봄이 오지 않으면 내가 찾아가면 된다.
막상 찾기 시작하면 그다지 멀리 있지도 않다.

보수적인 편이다. 좋게 말하면 열정적인데 있는 그대로 말하면 단순하고 무식하다. 난 다른 길이나 피하는 길 자체를 생각 못 할 만큼 무지했다. 그래서 무식하게 버텼다. 물론 버텨서 많은 걸 얻었다. 하지만 내가 경험해보지 못한, 그 길을 포기하고 돌아섰을 때 얻게 됐을 새로운 경험들에 대해서는 알 길이 없다. 그 후 새로운 환경으로 몸을 피했을 때, 양상은 다르고 얼굴은 달랐지만 결국 다르지 않은 것들이 날 괴롭혔다. 이번에는 무식하게 버티지 않고 내가 할 수 있는 모든 것을 다해 항거했다. 결국 그 벽이 변할 수 없다는 걸 알고 미련 없이 물러섰다. 그리고 나에게만 해당하는 것이겠으나, 성장의 열쇠와 깊은 함정을 구분하는 방법을 알게 됐다.

기시감, 그러니까 데자뷔라고나 할까. 꿈에서 보았고 익숙해서 앞으로 어떤 일이 벌어질지 알 것만 같은 친숙한 기분. 피해서 돌아가야 할 상황은 게릴라전처럼 산발적이었고 예고 없이 수시로 찾아왔다. 기습하듯 치고 빠졌다. 하지만 성장의 열쇠가 되는 고난은 전에도 우연히 만난 적 있는 이성처럼 익숙했다. 전에도 이런 상황을 겪었고 같은 고민을 했고 괴롭고 힘들었다. 그 상황이 너무 싫어서 피했고, 그 상황을 피했다는 것 때문에 패배감을 느꼈다. 그런데 그와 유사하고 친숙한 상황이 반복 재생되듯 내 눈앞에 다시 펼쳐졌

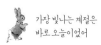

가장 빛나는 계절은
바로 오늘이었어

다. 고난이라는 이름으로.

기껏 피하고 돌아왔더니만 얼굴만 바꾼 동일한 역경을 맞닥뜨렸다면 혼자 조용히 생각해보자. 어쩌면 고난이라는 이름으로 다가온 시련이 나를 변하게 하고 성장시키려는 삶의 뜻일지 모른다. 여기서 이걸 넘지 못한다면, 넘지 않고 피한다면 당장은 마음이 편할지라도 결국 피해버린 벽의 높이에 비례하는 깊은 괴로움이 나를 평생 따라다닐지도 모른다.

멀쩡한 토스터에 넣은 식빵이 자꾸 타버린다면, 토스터가 문제가 아니라 사용법을 안 지킨 사용자의 문제일 수도 있다. 토스터의 전선이 사용 불가 수준으로 꼬였다거나 타이머가 불량이라는 식으로 반복되지 않는 문제는 피하거나 포기하면 된다. 그런 기계는 환불받거나 교환하면 된다. 아무리 토스터를 바꿔도 자꾸 빵이 탄다면 기계가 아니라 내 문제다. 반복되는 동일한 문제는 기계가 아닌 나 스스로를 돌아보게 한다. 여기에서도 포기해버리면 내 손으로 평생 토스트를 안 해 먹으면 그만이다. 하지만 잊고 있다가 어느 날 우연히 다시 빵을 굽게 된다면 다시 또 새까맣게 빵을 태워버릴지도 모른다. 나를 돌아봐야만 하는 실수가 일이라면 그나마 다행인데, 사랑이나 우정이라면 돌이킬 수 없다. 타버린 일은 어떻게든 수습할 수 있지만 타버린 마음과 사랑은 복구가 불가능한 경우가 더 많다.

연속성이 없고 우연히 일어난 고난은 피하거나 포기하면 된다. 우리나라는 묘하게 '포기'라는 명사에 부정적 뉘앙스가 담겨 있다. 하지만 질 게 뻔한 싸움에 끝까지 달려드는 건 용감한 게 아니라 무모하고 멍청한 거다. 이럴 때 포기하는 건 지혜다. 현명한 자만이 포기해야 할 때 포기한다. 지혜로운 사람은 나로 인해 거듭되는 문제가 있을 땐 조용히 생각한다. 그런 문제는 한 번에 깔끔히 풀 수 없다. 나로 인해 거듭되는 문제들은 지난하고 아픈 과정을 거쳐야만 풀리는 경우가 많다. 당장 해결하라는 게 아니다. 기계가 문제인건지, 너무 섣부른 나 때문에 빵이 계속 타는 건지 구분하기 위해 노력하는 것만으로도 대단한 거니까.

당신에게 흐린 날이 길었다면 그만큼 더 쨍하고 밝은 날이 오기를, 짧은 날 동안 하늘이 뚫린 것처럼 소나기가 내렸다면 그만큼 말끔하고 산뜻한 바람이 불어오기를 바란다. 먹구름 뒤 어딘가에는 쨍하고 빛나는 해가 있다.

덧⁺

누군가가 너무 미워서, 저 사람 죽어버렸으면 좋겠다고 생각했다. 그런데 상대는 그걸 아는지 모르는지 일상이 너무 행복하더라. 왜 그런 말 있잖은가. 정신병원에 와야 할 사람들은 자기가 정상이라 생각해 평온하게 잘 살고, 그들 때문에 상처받은 사람들만 정신병원에 온다고. 저 사람 죽어버렸으면 좋겠다고 백날 생각해도, 어차피 그런 이들은 만수무강하며 즐겁게 잘만 산다.

그럴 땐 정말 좋은 사람 하나 꼬드겨서 맑은 날 어디든 가보자. 상대가 팍 죽어버리길 빌고 미워하고 괴로워하는 내 마음을 부여잡기에는 오늘 날씨가 쓸데없이 좋다는 걸 느낄 것이다. 날씨만큼 환하게 웃어서 오늘 날씨가 쓸 데 있다는 걸 보여주자. 걱정 마라. 마운 그 사람, 어찌 됐든 100년 안에 반드시 죽을 운명이다.

못된 토끼는 당근을 좋아했다. 녀석은 "나도 좀 줘"라고 부탁하
는 법이 없었다. 그냥 빼앗아버렸다! 그러고는 착한 토끼를 사
납게 마구 할퀴었다. 착한 토끼는 엉금엉금 도망가 굴속에 숨었
다. 슬프고 울적했다.

　　　　　　　　　　　　　　　　　_「사납고 못된 토끼 이야기」 중에서

꼭
너 같은 사람 만나

사랑에는 이유가 없다. 누군가를 사랑하는 건 상대가 사랑스럽기 때문이고, 사랑하기 때문에 사랑한다. '닭이 먼저냐 달걀이 먼저냐'와 같다. 사랑의 이유는 잠길 만큼 사랑에 푹 빠져버린 후 구체적인 이유를 찾는 것에 불과하다. 내가 상대를 누구보다 더 사랑한다면 그 누구보다 먼저 상대의 사랑스러움과 매력을 발견했기 때문이다. 한편으로, 사랑하는 사람에게 내재된 나와 닮은 모습을 사랑하는 것이기도 하다. 나와 반대이기 때문에 사랑하기도 하지만, 나와 비슷하고 닮은 모습에 안심하고 끌리기도 한다.

안타깝게도 미움 역시 그렇다. 저 위 문단에서 사랑이란 단어를 빼고 그 자리에 미움을 넣어도 다 말이 통한다. 미움에는 이유가 없고, 상대가 밉기 때문에 미워하는 거다. 끔찍할 만큼 미워하는 중 구체적인 미움의 이유를 찾기도 한다. 내가 상대를 가장 미워하는 건 상대의 미움받을 만한 구석을 누구보다 잘 알기 때문이다. 나와 정반대라 밉지만 나와 너무 닮아서 끔찍할 정도로 밉기도 하다.

아이는 부모의 거울이라는데 어찌 보면 미운 사람들은 나의 거울이기도 하다. 우리는 멀리서 거울을 보고 머리를 매만지거나 맵시를 가다듬는다. 그러다 가까이 다가가 자신을 조금 더 자세히, 빤히 들여다보기도 한다. 사랑하는 데 이유를 알 수 없듯 미워 죽겠는 데도 이유를 알기 어렵다. 이땐 멀리서 거울을 보는 순간이다. 미움이 오래돼 코의 피지가 보일 만큼 가까워지면, 얼굴에 바짝 붙은 미움이라는 감정 너머 내 얼굴이 보인다.

나는 한 손으로 셀 법한 소수의 사람과만 마음을 나누는 편인데, 다 성격 탓이다. 호불호가 명확하다. 일을 할 때도 적이 없지 않았다. 아니, 적이 생기는 걸 두려워 않고 질러대는 편이었다는 게 맞겠다. 굳이 몸 사리면 무난하게 넘어갈 일도 "그건 아닙니다"라고 짚고 넘어가는 식이었다. 아니다 싶은 건 토론을 빙자한 말싸움도 서슴지 않았고, 불통보다 싸우는 편이 우리를 나아지게 한다고 믿었다. 그러다가 내가 잘못 생각했거나 실수했다는 걸 알게 되면 언

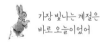

제 어느 때의 내 행동이 잘못됐노라고 사과하곤 했다.

여기서 중요한 건, 내가 겸손해서 실수를 알고 나면 사과했다는 게 아니라 사과를 해야 할 만큼 달려들었단 거다. 핑계를 대자면 어머니의 영향이 크다. 어머니는 부임한 지 얼마 안 된 초등학교 교무실에서 불의를 못 참고 크게 화를 내신 적이 있다고 한다. 그 일 이후 '신풍동 신나'로 불렸단다. 신나의 올바른 표현은 '시너'다. 시너는 페인트를 묽게 만들기 위해 섞는 용액인데 휘발유와 비교가 안 될 정도로 불이 잘 붙는다. 불만 잘 붙을 뿐 아니라 독성이 강해 스티로폼에 부으면 스티로폼이 녹아내릴 정도다. 긴 생머리 찰랑이며 시를 읽고 문학을 좋아하며 취미로 그림을 그리던 하늘하늘한 여선생 별명치곤 굉장히 독하다고 볼 수 있겠다. 그런 어머니에게서 나온 지방 씨름단 출신 같은 아우라를 지닌 자식이니 말해 무엇하리.

창피한 이야기라 에둘러 했다. 사랑받는 건 내가 사랑을 부르기 때문이다. 아무리 못났어도 이런 못남 가운데 예쁨받을 구석을 찾아봐 준 사람이 있어서 사랑받는 거다. 미움 역시 마찬가지다. 내가 미움을 부르는 거다. 아무리 잘났어도 잘난 구석 가운데 미움받을 구석이 있어서 미움받는 거다. 과실 비율을 따지면 대체로 미워하는 사람에게 더 많은 덤터기를 씌우고 싶은 게 인지상정이지만, 잘

해봐야 6 : 4다. 나 미워하는 녀석이 6, 내가 4 정도.

바보 같은 소린데 난 '모난 돌이 정 맞는다'라는 속담을 '모나고 각진 영혼이 서로를 알아보고 정(情)을 나눈다'로 알고 있었다. 언제까지 이렇게 알고 있었는지는 차마 말할 수 없지만 정말 그런 줄 알았다. 내가 좀 각지고 모난 편이어서 사는 게 퍽퍽하고 피곤한 편이지만, 그렇기에 같은 주파수를 보내는 외롭고 힘든 영혼들과 깊은 교감을 나눈다고 생각했다. 그런데 아니더라. 모난 돌, 한마디로 규격 외에 삐죽 튀어나온 돌이 정, 그러니까 토르가 들고 다니는 것 같은 망치로 때려 맞는단 소리다. "다들 가만있는데 왜 너만 반항하고 튀고 난리야" 하면서 뾰족한 부분 때려서 동글동글 원만하게 사회화된 인간으로 만든단 소리다.

누가 때리든 말든, 누가 미워하든 말든 난 정말 상당히 오랫동안 모난 영혼끼리 교류한다고 생각해서 끝까지 버텼다. 사회화된 사람들, 규격화된 사람들에게 수없이 맞았다. 수없이 미움받았단 소리다. 아니, 전문용어로 얘기하자. 갈굼당했다. '난 모났으니 영혼의 교류를 위해 모난 내 영혼을 지켜갈 거야' 했는데 다 헛소리였다. 내가 모나서 정으로 때려 맞는 거였다.

나에게 이유 없는 갈굼을 선사했던 분들, 그들도 참 답답했을 거다. 이놈은 도대체 뭘 먹고 자라서 갈굼 필살기에도 끄떡없고 변하지도 않고 모난 짓 계속하는지 말이다. 시간을 되돌려 그들과 다시 마주친다 해도 난 똑같은 짓을 할 거다. 왜냐면 그들이 날 갈궜던 건 나를 진심으로 위하고 걱정해서가 아니라 자기가 편하기 위해서였기 때문이다. 내가 튀거나 손을 들고 다른 의견을 말하면 자기 맘대로 안 되니까, 자기보다 더 높은 사람 앞에서 체면이 안 서니까, 그냥 자기 스타일대로 빨리 끝내고 싶은데 따지고 드니까 맘에 안 들었던 거다. 갈구더라도 내가 성장하기를 바라며 갈궜다면 최소한 듣는 시늉이라도 하면서 내가 하는 짓을 두 번 정도는 돌아봤을 거다. 두 번 돌아본다고 바뀐다는 보장은 못 하지만.

힘듦의 8할은 내가 자초한 거란 걸 안다. 내가 사랑받는 건 내가 사랑스럽기 때문이듯, 내가 미움받는다면 내가 미운 짓을 하기 때문이다. 미움받는 건 마음이 편한 일은 아니지만 아무런 도움이 안 되는 일은 아니다. 사랑이 나를 크게 하듯 미움 역시 나를 키운다. 이별이 없을 수 없듯 미움도 없을 순 없다. 그냥 받아들이는 수밖에.

덧⁺

마음의 과실 비율은 일방적 과실, 그러니까 100퍼센트인 경우가 거의 없다. 유독 날 미워하는 가해자의 과실 비율이 높은 경우는 다음과 같다.

1. 주·정차 중 추돌에 의한 사고

　　나는 정말 가만히 있었다. 숨만 쉬고 있는데 날 미워한다. 이건 상대 과실 비율 100퍼센트다. 자신 있게 경찰 부르고 상대방더러 보험사 직원 부르라고 하자. 그런데 이런 사례는 살면서 한 번 만날까 말까다.

2. 안전거리 미확보로 인한 뒤 차량의 추돌 사고

　　나는 내 길 가는데 뒤에서 들이받은 거다. "아저씨, 그렇게 갑자기 멈추면 어떡해요!"라고 뒤 차 운전자, 아니, 날 미워하는 사람이 따질 수 있다. 이건 날 미워하는 사람이 안전거리를 확보하지 않고 내 뒤통수를 친 거다. 과실 비율 2:8 정도다. 이 사례 역시 흔하지 않다. 3년에 한 번 있을까 말까 정도다. 예컨대 3년 주기로 이직하면 직장에 하나 정도는 뒤통수치는 녀석이 있다. 그 녀석 과실이 80니 합의해주지 말자.

그 외 마음받고 미워하는 경우는 다 쌍방 과실로 6:4 정도니까 적정선에서 합의하자.

매번 착한 사람들만 다치고 아픈 게 너무 싫어.

그러니까 당신, 아프지 말라고.

"새뮤얼 위스커스에게 청구서를 다시 보내자, 진저. 베이컨 외
상으로 밀린 돈이 무려 22실링 9펜스야."
"아무래도 갚을 생각이 전혀 없는 것 같아" 하고 진저가 대꾸했
다. "그리고 내 느낌에 안나 마리아가 물건을 자꾸 슬쩍하는 것
같아. 그렇지 않고서야 크림 크래커가 전부 어디 갔겠어?"
"그건 네가 다 먹었잖아" 하고 진저가 대답했다.

「진저와 피클스 이야기」 중에서

그걸 아시는 분이
이러시나요

행동이 생각을 따라가지 못할 때가 있다. 아니, 행동은 항상 생각을 못 따라간다. 생각은 항상 혼자서 저 멀리 뛰어간다. 행동, 실행은 항상 생각의 아스라한 뒷모습만 좇다가 몇 걸음 못 가 쓰러진다.

피터 래빗 전집 중 가장 답답한 친구들이 등장하는 게 바로 「진저와 피클스 이야기」다. 애들은 잡화점을 운영하는데, 도대체 무슨 생각으로 장사를 하는지 모르겠다. 사람이 착한 건지, 아, 동물이 착한 건지, 아니면 둘 다 바보인 건지 현금 거래를 안 한다. 다 외상 거래다. '외상이면 소도 잡아먹는다'는 속담은 사람뿐만 아니라 동물에게도 적용된다. 외상으로 쉬지 않고 물건을 사들여도 외상값 갚으란 말도 없고, 악성 채무자에 대한 채권 추심도 없으니 외상매

출이 끝없이 늘어서 경쟁 가게 매출의 열 배나 된다. 하지만 매출이 열 배면 뭐하나. 늘 돈이 궁해서 진저와 피클스는 가게 물건을 먹는다. 그것도 가게 문을 닫은 후 촛불 옆에서 불쌍하게 한 끼 때우는 수준이다. 고양이 진저는 말린 대구포를 먹고 사냥개 피클스는 비스킷을 먹는다. 비스킷이 다 떨어지자 엉뚱하게 안나 마리아가 비스킷을 훔쳐 가는 거 아니냐고 의심하기까지 한다. 그나마 진저가 '네가 다 먹어치운 거'라고 알려줘 다행이다.

결국 슬픈 예감은 틀린 적이 없다. 진저와 피클스의 가게는 폐업하고 만다. 경쟁 가게는 반사이익을 얻는다. 경쟁 가게는 여전히 외상을 받지 않고 현금 거래만 한다. 더구나 모든 물건값을 올린다. 또 다른 가게가 오픈하지만 그 가게 역시 현금 거래뿐. 그러거나 말거나 토끼 굴에서 사는 고양이 진저는 통통하게 살이 오르고 편안해 보인다. 피클스는 사냥터지기로 돌아갔다. 맞지 않는 옷을 입었던 이들이 장사가 아닌 본연의 자리로 돌아가 행복해졌다는 걸 말하고 싶었던 걸까. 진저가 편안해 보인다는 문장 때문에 겨우 안심이 된다. 하지만 분하다.

권리를 누리기 위한 마땅한 의무가 있다. 편하고 수준 높은 권리를 누린다는 건 누군가의 수고가 있기 때문에 가능하다. 질 좋은 물

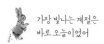

건을 현금 이외 외상으로도 거래할 수 있다면 최소한의 값은 지불했어야 한다. 전부가 아닌 일부를 자신의 편의로 사용하고, 나머지는 기본적인 신뢰를 바탕으로 현금 거래를 했어야 한다. 믿고 외상을 줬으므로 믿고 현금으로 갚아나갔어야 했다. 하지만 동물들은 그러지 않았고 결국 좋은 가게는 폐업했다. 폐업 후의 혼란과 물가 상승의 피해는 고스란히 나머지 동물들, 그러니까 소비자들에게 돌아갔다. 살아남은 경쟁 업체나 신규 업체 모두 외상 사절, 오로지 현금 거래다. 믿음을 이용하기만 하고 권리만 누렸던 결과가 그렇게 돌아온 거다.

가만 보면 도무지 갚지를 않고 늘 외상 거래만 하는 사람이 주변에 꼭 한 명씩 있다. 돈만이 아니라 마음도 빚이다. 받고 거둬들일 목적으로 마음을 베푸는 것은 아니지만, 최소한의 수고가 필요한 것은 사실이다. 그런데 꼭 외상 달아놓고 안 갚는 이들이 있다. 누군가의 선의는 홀랑 받아먹는데, 그걸 계속 받기만 하다가 나중엔 당연한 듯 여기는 거다. 처음엔 정말 호의로 시작된다. 베푼 걸 받을 생각도 없다. 상대는 고마워하며 나중에 갚겠다고 한다. 말만 그렇다. 그러다가 또 궁해져서 아쉬운 소리를 하고 호의를 받는다. 몇 번 거듭되다 보면 으레 그런 것이 되어 받아먹기만 한다. 호의가 계속되니 권리인 줄 안다. 늘 잘해주다가 지쳐서 못 하겠다고 손을 들면 서운하네 뭐네 적반하장으로 입을 비죽댄다.

늘 함부로 대하던 사람에게 어쩌다 한 번 잘해주면 굉장히 고마워하며 두고두고 이야기한다. 그럼 늘 함부로 대했던 사람은 술자리에서 후배들에게 자랑이랍시고 이런다. "잘해줄 필요 없어. 계속 못하다가 한 번만 잘해주면 된다니까? 그러니까 사람은 쥐어짜야 해. 그래야 고마운 줄 알아."

사람을 쥐어짜야 한다는 악당이나, 호의를 당연한 것으로 여기고 좋은 사람은 쉽게 보면서 무례한 사람에겐 쩔쩔매는 녀석이나 식사 전에는 안 봤으면 한다. 밥맛 떨어지니까.

여전히 선의를 지닌 많은 사람이 순진한 믿음으로 나섰다가 단물만 빨린 채 몸도 마음도 만신창이가 되어 나가떨어진다. 그러고 나면, 반복되는 절망에서 벗어났으니 살도 오르고 표정도 편해 보인다. 하지만 그동안의 마음고생은 무엇 때문이며, 누구 때문인가. 약아빠진 녀석들은 잘해주면 만만하게 보고 그새 커서 머리 꼭대기까지 기어오른다. '에라 모르겠다 폐업이다. 에라 모르겠다 너희끼리 잘 먹고 잘 살아라' 하고 떠나버리면 그나마 유지되던 호의마저 뚝 끊긴다. 깜빡 지갑을 놓고 왔을 때 사정을 봐주는 일 따윈 없다.

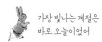

무조건 현금 거래에 독과점이라 물건값은 오른다. 복을 발로 차버리고 자신들의 권리마저 두 손으로 바쳤으면서도 무엇이 잘못되고 어디서부터 잘못된 건지 모른다. 매섭게 일하지 못하고 어수룩하게 외상을 받던 놈들이 바보들이라고, 세상이 그렇게 호락호락하냐 비웃던 이들은 둘도 없는 바보들이 물러나면 소금이 물에 녹듯 조금씩 자신들이 파놓은 함정에 빠져든다. 늪처럼 헤어날 수 없다. 그걸 알아챌 만큼 똑똑하지도 못하다. 늪에 빠져드는 걸 알아챌 만큼 똑똑했다면 애초에 호의를 베풀 때 꼭 붙잡았을 것이다.

좋은 사람을 좋은 사람이라고 알아보지 못하는 바보들에게 베풀 호의 따윈 없다. 왜 안 주냐고 징징거리거나 말거나 폐업신고 하고 훌쩍 떠나버려라. 미움 좀 받거나 관계 좀 소원해져도 상관없다. 외상 거래만 하고 호의를 권리로 아는 이들과는 일분일초도 엮이지 말고 벗어나는 게 낫다.

뒤늦게 "미안해, 앞으로는 현금 거래 할게"라고 아쉬운 소리를 하는 녀석에게는 그동안의 미수금에 이자까지 계산해서 일시불로 완납하라고 해라. 호의를 권리로 알고 약자에게 강하고 강자에게 약한 그런 녀석들은 적당히 미안한 척하면 어수룩한 사람이니 다시 돌아올 거라고 생각한다. 그리 쉽게 생각하니 평소에 그처럼 가볍게 대하고 날름거리며 호의를 받아먹은 거다. 진짜 나쁜 녀석들은 도리어 성을 내겠지. "내가 너한테 해준 게 얼만데, 네가 어떻게 나한테 이럴 수 있어!"라고. 그동안 받아먹은 호의는 생각도 안 하고 쥐꼬리만큼 준 뭔가를 가지고 엄청 큰 은혜를 베푼 것처럼 소리를 높이겠지.

가던 길 가라고 하자. 좋은 사람을 좋은 사람인 줄 알아보지 못하는 까막눈은 저리 가시라고. 눈 밝은 좋은 사람하고만 함께하겠다고 귓가에 속삭여주자. 있는 사람이 푼돈에 벌벌 떨고, 아는 사람이 더 무섭다. 어수룩하고 셈도 모르며 착해 빠진 사람은 그런 사람끼리 잘 살아가면 된다. 나쁜 녀석은 발에 차일 정도로 많지만, 세상엔 좋은 사람도 가을 낙엽만큼 수북이 쌓여 소리를 내고 있다. 머릿수를 비교해보니 이거, 생각보다 붙어볼 만하다. 호의를 지닌 사람들이 결국 웃는 걸 보여주자.

덧

그렇다고 '나가자! 싸우자! 이기자!' 이런 건 아니고.

웃는 거 못 보여줘도 상관없다.

중요한 건 지금 내가 웃고 있느냐니까.

그놈들이 알건 말건 죽든 살든 내가 알 게 뭐야.

지금, 내가, 웃으면 그만인걸.

손님들이 도착하고 식사가 차려지고 춤이 시작되었네.
_「래빗네 크리스마스 파티 이야기」 중에서

좋아하는 것들을
좋아해

나는 여전히 바보 같을 거다. 아무런 준비 없이 덜컥 퇴사해버린 난 어쩌면 다시는 회사 같은 곳에 속하지 않을지도 모른다. 어쩌면 회사에 영영 속하지 못하고 떠돌 수도 있고, 또 어쩌면 기웃거리다가 나 같은 녀석도 받아주는 인류애 넘치는 어떤 회사에 들어가 꾸역꾸역 살아갈지도 모른다. 여전히 난 볼품없는 몸뚱이를 겨우 가린 채 무엇이든 아름다움이 느껴지는 맛이나, 글이나, 그림에 빠져 살지도 모른다. 푼돈을 벌어서 그런 곳에 쓰며 부자처럼 살지도 모른다.

여전히 난 사랑하는 사람들의 마음을 온전히 느끼지 못한 채 신세나 지면서 평생 마음 빚을 져가며 행복하고 느긋한 빚쟁이로 살 거다. 이자도 챙길 줄 모르는 그들에게 적어도 감사는 하고 살아갈 것이다. 미워하는 녀석들은 여전히 성실하게 미워할 거다. 그보다 조금 더 힘을 내 좋아하는 사람들은 조금 더 좋아할 거다. 아니, 더 많이 좋아할 거다. 좋아하는 거에 힘을 더 쓰다 보면 나중에 지쳐서 미워할 힘 따윈 남아 있지 않을지도 모른다.

내가 그렇게 변하는 건 생각도 할 수 없지만 그런 날도 있을 거라 생각하며 살기로 한다. 여전히 손님처럼 새로운 인연을 만나고, 맛있는 음식이 나올 거다. 멀뚱히 서 있는 당신을 발견하면 난 손을 내밀며 이렇게 말할 거다.

"뭐 해? 춤이 시작됐어!"

나는 춤을 추는 인생을 살아갈 거다. 힘든 일이 많아도 여전히 내게는 노래가, 힘든 일보다 한 곡 정도는 더 남아 있을 게 분명하니까.

덧⁺

모자라는 사람의 모자라는 끼적임을 읽느라 애썼다.

한 가지 확실한 건, 당신은 당신 생각보다 더 괜찮은 사람이라는 거다.

어쨌든 여기까지 왔으니까.

정말 고맙다.

바다에는 섬이 있어

허공에 노를 저었다. 가끔 표류하며 떠내려오는 것들과 만나기도 했다. 어떨 땐 내 자존심이 엎어져 등을 보인 채 둥둥 떠내려오기도 했고, 장마가 진 다음에는 내가 누군가에게 날렸던 독을 바른 말들이 지뢰처럼 떠내려오기도 했다. 맑고 투명한 바다가 아니라 구정물로 가득한 공간을 젓고 또 저었다. 앞으로 나간다고 생각했지만, 노를 저을 때마다 구정물이 갈라지며 악취가 풍길 뿐 젓고 또 저어도 섬은 보이질 않았다. 온종일 달려 이만큼 왔으면 됐다 싶었는데 썰물이 되어 물이 빠지자 나는 처음 그 자리 높은 봉우리에 걸린 신세가 되었다. 나 혼자 더디 가는 것 같았다. 혼자 쓸쓸히 봉우리를 내려오는데 손톱이 깨지고 피멍이 맺혔다.

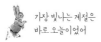
가장 빛나는 계절은
바로 오늘이었어

땅에 살았으나 포기하지 않았다. 다만 욕심을 버렸다. 나는 왜 이렇게 늦는 걸까 생각하다가 내 때에 내 호흡으로 원하는 속도로 걷고 뛰기 위해 팔과 다리가 자라는 중이었다는 걸 알게 됐다. 저마다 자신의 때와 자신의 속도가 있다. 그런데도 나는 타인의 때와 타인의 속도에 나를 맞추려고 애써왔다. 나에겐 나의 것이 있다. 나의 때와 나의 속도가 있다.

높은 봉우리에 걸려 있던 배를 다시 꺼냈다. 먼지를 털고 처음 칠해보는 밝은색으로 새로 칠했다. 튼튼한 나무를 깎아 반들거리는 멋진 노를 한 쌍 만들었다. 허공에 배를 띄웠다. 나는 배에 몸을 실었다. 오랫동안 파묻혀 있던 배를 허공에 띄우는 건 무척 힘이 들었다. 하지만 묵직하게 밀려나니 다음부터는 노를 젓기 수월했다.

구름과 펼쳐진 하늘이 보인다. 맑은 공기다. 나 혼자인 줄 알았는데 허공에 수십, 수백, 수천 척의 배가 유유히 자신의 속도로 자신의 때를 향해 노를 저어가고 있다. 처음 본 얼굴인데도 같이 나아간다는 기쁨에 손을 흔들었다. 다들 손을 흔들며 웃어주었다.

내 길을 향해 내가 노를 저어야 한다. 수고로움은 나의 것이다. 하지만 함께하는 벗들이 있다는 데서 위안을 얻는다. 혼자 잠들어도 밤이 무섭지 않다.

이 책을 마지막까지 읽어준 이들은 처음 본 얼굴로 내게 손을 흔들며 웃어준 사람들이다. 어떤 사연과 어떤 아픔과 어떤 행복으로 허공에 노를 젓고 있는지 모른다. 이 책과 이 여행은 내게 처음이다. 당연하게도 나는 이 생이 처음이기 때문이고, 첫 책이나 첫 여행이 무척 낯설다. 낯설지만 설렌다. 처음 보는 우리가 서로에게 손을 흔들며 웃어주기 때문이다.

이름도 얼굴도 모르는 당신. 당신의 여행을 힘을 다해 응원한다. 당신의 때와 당신의 시간에 당신의 사랑을 만나 행복하기 바란다. 진심으로 응원한다.

떨어지지 않는 마침표를 찍으며,

수인

가장 빛나는 계절은
바로 오늘이었어

피터 래빗 이야기

가장 빛나는 계절은
바로 오늘이었어

초판 1쇄 인쇄 2018년 8월 30일
초판 1쇄 발행 2018년 9월 10일

지은이 이수인
펴낸이 김선준

책임편집 문주영
편집팀장 마수미 **편집팀** 김수나, 채윤지
디자인 김미령, 디자인 쓰봉
마케팅 오창록
외주교정 공순례

펴낸곳 포레스트북스 **출판등록** 2017년 9월 15일 제 2017-000326호
주소 서울시 마포구 동교로 64-9 2층
전화 02) 332-5855 **팩스** 02) 332-5856
홈페이지 www.forestbooks.co.kr **이메일** forest@forestbooks.co.kr
종이·출력·인쇄·후가공·제본 (주)현문

ISBN 979-11-964152-6-6 (03810)

포레스트북스(FORESTBOOKS)는 독자 여러분의 책에 관한 아이디어와 원고 투고를 기다리고 있습니다. 책 출간을
원하시는 분은 이메일 writer@forestbooks.co.kr로 간단한 개요와 취지, 연락처 등을 보내주세요. '독자의 꿈이
이루어지는 숲, 포레스트북스'에서 작가의 꿈을 이루세요.